AUSCHWITZ, VILLE TRANQUILLE

PRIMO LEVI

AUSCHWITZ, VILLE TRANQUILLE

Traduit de l'italien par Louis Bonalumi, René de Ceccatty, André Maugé et Martine Schruoffeneger

Préface de René de Ceccaty
Postface de Fabio Levi et Domenico Scarpa

ALBIN MICHEL

« Les Grandes Traductions »

PRÉFACE

Écrivain par hasard et par nécessité

Près de trente-cinq ans après son suicide, quel est le statut littéraire de Primo Levi ? Son nom est mondialement célèbre et personne, parmi les historiens et les chercheurs concernés par la Seconde Guerre mondiale et l'horreur du nazisme, ne sous-estime la valeur exceptionnelle de son témoignage. *Si c'est un homme*[1], malgré les difficultés éditoriales que ce livre rencontra, finit par être largement diffusé, puis traduit. Néanmoins, sa réelle place dans le paysage littéraire n'a pas toujours été reconnue à Levi de son vivant, en dépit d'un prix Strega (équivalent du Goncourt) tardivement attribué, en 1979, à *La Clé*

1. De Silva, 1947 et Einaudi, 1958, Buchet-Chastel, 1961, sous le titre *J'étais un homme* (traduit par Michèle Causse), puis dans une nouvelle traduction (par Martine Schruoffeneger), Julliard, 1993. *Les Temps modernes* (n° 181, 1er mai 1961) ont fait paraître des extraits de la première traduction.

à molette[1], roman consacré non à son expérience de déporté, mais à la vie d'usine dont il avait une connaissance directe par son activité de chimiste et de dirigeant d'entreprise.

Il ne fait pourtant aucun doute que Primo Levi a apporté à la littérature italienne un regard d'auteur profondément original qui n'est pas dû seulement à la tragédie dont il a été témoin et victime, mais qui tient aussi à sa quête de vérité par des moyens à la fois scientifiques, littéraires, historiques et tout simplement humains. Son dernier livre, *Les Naufragés et les Rescapés*[2], faisait le point sur ce statut et sur son rapport à la vérité historique, à la réalité sous toutes ses formes et à la justice. La douceur de l'homme, sa volonté de comprendre les ressorts de l'humanité et de l'inhumanité, son refus de juger et son besoin de pardonner (dans certaines limites toutefois), ses analyses nuancées sur l'État d'Israël, ni complaisantes ni inutilement agressives, le mettaient, assurément, à part dans le petit nombre de survivants de l'holocauste.

Dans sa biographie[3], Myriam Anissimov tente de démêler les raisons complexes de son suicide, le

1. Einaudi, 1978, Julliard, 1980.
2. Einaudi, 1986, Gallimard, 1989.
3. Lattès, 1996, repris en Points « Signature », 2022.

11 avril 1987 (à l'âge de soixante-huit ans), tout en rappelant que nombreux ont été hélas les rescapés qui ont eu recours à une mort volontaire, d'autant plus spectaculaire et glaçante qu'elle a été tardive, comme si les efforts pour se réinsérer parmi les vivants et pour comprendre le mal avaient été vains. Dans le cas de Primo Levi, une mauvaise santé et des soucis familiaux accablants avaient sans doute contribué à créer un état dépressif tenace depuis quelques mois. La reconnaissance littéraire mondiale, enfin acquise, avait alors été de peu de poids, au moment du geste fatal.

Edith Bruck, hongroise italophone, qui avait publié son propre témoignage, *Qui t'aime ainsi*[1], peu de temps après la réédition par Einaudi de *Si c'est un homme*, alors qu'elle n'était, pendant la guerre, qu'une très jeune adolescente déportée, presque une enfant (elle est née en 1931, quand Primo Levi est de 1919), a adressé à Primo Levi, son ami, un poème en forme de doux reproche posthume, peut-on dire :

Ta figure tutélaire nous manque,
nécessaire comme l'eau à l'assoiffé,
la prière au croyant,
la lumière au non-voyant.
Notre devoir est

1. Lerici, 1959, Kimé, 2017, « Points », 2022.

de vivre et jamais de mourir !
Pourquoi Primo[1] ?

Mais on trouve une forme de réponse à ce « pourquoi ? » dans un autre poème d'Edith Bruck :

Et une fois nous disparus,
les mystificateurs
et les nouveaux haïsseurs,
les négationnistes
se multiplieront,
« Tu te rends compte,
ils nient déjà »,
me disait Primo Levi,
« avec nous encore en vie ! »[2]

Bien sûr, témoins, mais aussi lecteurs ont à s'acquitter de ce « devoir de mémoire », qui est, pour les survivants, une tâche écrasante, menaçant de détruire une vie même libérée, même exprimée.

Évoquant l'époque où Primo Levi décide d'écrire son grand livre (en 1946-1947), qui sera d'abord publié par un petit éditeur, ancien résistant, Franco Antonicelli – ami de Leone Ginzburg dont la veuve, Natalia

1. « Une promenade avec Primo Levi », in *Tempi*, La nave di Teseo, 2021 ; *Pourquoi aurais-je survécu ?*, Rivages, 2022.
2. « Après », *ibid.*

Ginzburg, a fait refuser le manuscrit de *Si c'est un homme* chez Einaudi –, Myriam Anissimov résume son état d'esprit : « Pas d'imprécation. Levi décrit de façon tout à fait humaine un monde inhumain : avec ce ton calme, posé qui n'appartient qu'à lui, il fait naître en chaque lecteur l'indignation du juge. » Au lecteur de juger, mais lui, l'auteur, ne prononcera pas de sentence.

Primo Levi, on le sait, était un grand lecteur. L'un des passages les plus célèbres de *Si c'est un homme* est le chapitre consacré au « chant d'Ulysse » de *La Divine Comédie* (*Enfer*, XXVI, 118-120), où est envisagée l'inhumanité à laquelle on veut réduire l'être humain, dans une bestialité sans limite.

Vu votre espèce, vous n'étiez
Pas faits pour vivre en animaux,
Mais pour la vertu, le savoir.

Et, parmi ses activités littéraires, Primo Levi a traduit en italien *Le Procès* de Kafka (puisqu'il avait une bonne connaissance de la langue allemande) : forme littéraire extrême de l'absurdité des condamnations et analyse de l'angoisse de toute victime après une sentence arbitraire. Le passage par la littérature est absolument fondamental, contrairement à d'autres témoins qui ont limité à leur récit de déportation leur apport à la littérature.

Dans *À la recherche des racines*[1], Primo Levi a tenu à réunir toutes les lectures qui lui ont servi de guides dans sa vie. À une « auto-anthologie », où comme Borges il se serait cité lui-même, Primo Levi dit avoir préféré une sélection des lectures qui l'ont aidé à constituer son identité d'écrivain. Bien entendu, il y a des textes d'autres déportés (Celan, Hermann Langbein), mais aussi de scientifiques, de philosophes, de poètes, d'auteurs de science-fiction, de romanciers, juifs et non juifs, de classiques (Homère, Melville, Conrad, Rabelais, Swift), d'écrivains de l'aventure et d'hommes d'action (Marco Polo, Roger Vercel, Saint-Exupéry). Comme le *Livre de Job* qui ouvre l'anthologie, les classiques sont choisis parmi ceux qui ont créé des archétypes, des figures symboliques très fortes qui représentent une relation au monde de type nouveau : Ulysse, Gargantua, Gulliver, Achab sont des figures exceptionnelles de l'humanité, dotées des traits caractéristiques de la « recherche de la vérité ». On comprend donc qu'il mette sur le même plan philosophes, poètes, romanciers, scientifiques affrontant le réel par des moyens différents mais, au fond, dans une quête commune de vérité. Et *Les Naufragés et les Rescapés* compte d'abondantes réfé-

---

1. Einaudi, 1981, Mille et une nuits, 1999.

rences littéraires (Dostoïevski, Svevo, Manzoni, John Donne, T.S. Eliot, Thomas Mann, Ray Bradbury...).

La présente anthologie de textes brefs de Primo Levi, même centrée sur le camp d'extermination et sur les traces qu'a laissées dans la mémoire une expérience aussi atroce, ne pouvait que rendre compte de la variété des intérêts et des moyens littéraires de l'auteur, qui a, dans *Le Système périodique*[1] (dont trois nouvelles figurent ici), confronté son approche scientifique du monde, celle d'un chimiste, à son goût pour la science-fiction ou, disons, le fantastique, et à la poésie qui l'incitait à une concision excluant tout bavardage et commentaire inutile. Les divers aspects de la création de cet immense écrivain sont donc ici représentés.

Les curateurs de ce volume avaient déjà rassemblé, dans *Ainsi fut Auschwitz, témoignages (1945-1986)*[2], de nombreux textes, de factures diverses, où Primo Levi se souvenait, prenait position et dialoguait. Parmi ces documents, se trouvait le premier compte-rendu que l'auteur fit, avec le médecin Leonardo De Benedetti, des conditions de déportation au camp de Monowitz[3].

1. Einaudi, 1975, Albin Michel, 1993.

2. Einaudi, 2015, Les Belles Lettres, 2019.

3. Traduit une première fois en français aux éditions Kimé, en 2005, et présenté par Philippe Mesnard.

On mesure, en comparant ces premiers et immédiats souvenirs à ceux qui constituent *Si c'est un homme*, ce qui relève du travail de la littérature. Ce dont s'est justifié Primo Levi, interrogé par la féministe australienne Germaine Greer[1] à propos de la « réinvention de la réalité par l'écrivain », question cruciale : « Je considère qu'il y a des écrivains qui s'y livrent de manière délibérée et intelligente, d'autres qui le font de manière intelligente, mais sans l'avoir voulu, et d'autres encore qui réalisent cette réinvention sans l'avoir recherchée ni voulue. Je crois que quand j'écrivais *Si c'est un homme,* j'appartenais à cette troisième catégorie. Dans ce livre, il y a de toute façon une certaine distorsion de la réalité, ne serait-ce que parce que le camp de Monowitz, où j'étais interné, ne ressemblait pas du tout au complexe des camps de concentration d'Auschwitz. Il était situé à sept kilomètres d'Auschwitz, et cela changeait tout. Je pensais écrire l'histoire authentique de l'expérience du camp de concentration, alors que, en réalité, j'écrivais l'histoire de mon camp, et seulement du mien. »

D'une certaine manière, la position de Primo Levi par rapport à ses propres textes est ambiguë. Dans ce recueil, par exemple, il écrit : « Dès mon premier

1. « Conversation avec Primo Levi », in *Conversations et entretiens*, Einaudi, 1997, Robert Laffont, 1998.

livre, *Si c'est un homme*, j'ai désiré que mes écrits, même si c'est moi qui les ai signés, soient lus comme des œuvres collectives, comme une voix qui représenterait d'autres voix. Mieux encore : qu'ils soient une ouverture, un pont entre nous et nos lecteurs, surtout les jeunes. » Il souligne donc, bien entendu, la portée pédagogique de ses livres, qui ont donné lieu à des débats publics, à des rencontres avec des lecteurs, à des correspondances, mais aussi l'idée qu'il parle au nom des autres déportés, une responsabilité qui semble devoir outrepasser les capacités d'un individu et qui en tout cas le contraint à une vigilance qui aurait pu être inhibante et paralysante.

Dans son dernier entretien (*Moi qui vous parle*, conversation avec Giovanni Tesio[1]), il ne craint pas de dire : « Je me vois comme quelqu'un qui a mené plusieurs batailles. Qui en a perdu certaines et en a gagné d'autres. Je dois quand même posséder une force profondément ancrée en moi puisque j'ai survécu à Auschwitz : ce fut une grande bataille. En tant que chimiste aussi j'ai dû faire face à des défaites, mais j'ai aussi remporté quelques victoires. Et puis, je suis également écrivain. Je me suis retrouvé à exercer ce métier presque malgré moi. C'était un nouveau chapitre. J'ai été emporté par cette vague de succès – en

1. Einaudi, 2016, Pocket Tallandier, 2017.

plusieurs étapes, d'abord en Italie, puis à l'étranger – qui m'a profondément déséquilibré. J'ai fini par me retrouver dans la peau d'un autre. »

Si, comme pour la plupart des rescapés, le besoin de témoigner était « d'une primordiale nécessité »[1], il avait dit aussi, souvent, dans des entretiens avec des journalistes, avoir été « écrivain par hasard ». C'est lorsque parut *La Trêve*[2], accueillie non sans surprise par des lecteurs qui pensaient que Primo Levi serait l'auteur d'un seul livre, qu'il dut se justifier d'être un écrivain, qui avait une œuvre au-delà du témoignage unique. Il ne s'agissait pas pour lui de « diversifier » ses sujets, mais de revenir, par d'autres voies, au même sujet qui n'aurait pu être définitivement traité par un seul livre.

Et c'est justement dans cette insatisfaction et ces « reprises » que Primo Levi affirmait son statut littéraire. Naïfs sont les lecteurs (et parfois les auteurs) qui croient qu'une première approche, si contrôlée, si parfaite semble-t-elle, épuise son sujet. La littérature part en quête de la vérité, tout comme la science, mais, à la différence de la science, échoue toujours à cerner son objet.

---

1. Cité par Myriam Anissimov dans sa biographie et par Giorgio Calcagno et Gabriella Poli, dans *Echi di una voce perduta*, Mursia, 1992.

2. Einaudi, 1963, Grasset, 1966.

Interrogé par Roberto Di Caro dans une interview qui parut peu après son suicide[1], reprise dans *Conversations et entretiens*[2], Primo Levi répondait qu'écrire le faisait souffrir moins à cause de ce dont il parlait, qu'à cause du travail même d'écrire. « J'éprouve parfois l'insuffisance de cet instrument. On appelle ça l'ineffable, et c'est un très beau mot. Notre langage est humain, il a été façonné pour décrire des choses à dimension humaine. Il s'effondre, il s'écroule, il est inadapté (tous les langages le sont, et le seront toujours) quand il s'agit de raconter ce qui se passe, par exemple dans une supernova… »

De manière fort logique, Primo Levi exprime ici des considérations qui furent aussi celles de Dante, aussi bien quand il dut décrire cet *Enfer* auquel on compara souvent les camps d'extermination que lorsqu'il s'employa à exprimer ce qui dépasse la compréhension humaine : à savoir la vision des âmes élues du *Paradis* (XXXIII, 55-57). En effet cette vision aurait exigé de se « transhumaniser », pour reprendre le néologisme de Dante.

Ce que je vis dépasse tant
Ce que j'écris et ma mémoire
Par cet excès s'avoue vaincue.

1. *L'Espresso*, 26 avril 1987.
2. *Op. cit.*

Dans le fameux chapitre des *Naufragés et les Rescapés*, intitulé « La zone grise », Primo Levi tentait d'expliquer ce qu'il en était de la « simplification » à laquelle on était contraint pour partager une expérience. Cette réduction du récit visait une clarté, une lisibilité dont il fit un principe. Il sembla alors s'opposer à une certaine littérature d'avant-garde n'hésitant pas à recourir à des obscurités et des formulations inutilement ambiguës.

Giorgio Manganelli, écrivain remarquable, mais tourmenté, et revendiquant les forces irrationnelles qui l'inspiraient et agitent l'humanité tout entière, se sentait visé et protesta (ainsi que le raconte Myriam Anissimov dans sa biographie). En réalité, Primo Levi pensait à Ezra Pound, qui lui inspirait une antipathie compréhensible, pour des raisons politiques. Lui qui, comme on vient de le voir, n'avait pas non plus hésité à recourir à une définition d'une littérature de l'« ineffable » dissipa l'équivoque dans une réponse à son adversaire éphémère[1]. Il reconnaît alors avoir commis l'erreur de confondre la « clarté » et la « rationalité ». Et ajoute : « Cependant, il me paraît meilleur d'être clair, parce qu'un message obscur peut être violent, comme c'est le cas pour Nietzsche. L'obscurité des politiciens est une de nos plaies nationales. Il est beau et étrange

1. *Il Corriere della Sera*, 9 janvier 1977.

que Manganelli et moi nous nous trouvions d'accord sur une proposition selon laquelle "aucun auteur ne comprend au fond ce qu'il écrit" ; mais pour lui, cette incompréhension semble normale, même désirable, et, pour moi, elle est une carence et un souci. »

Sans doute, jusqu'à la dernière ligne, a-t-il été poursuivi par cette hantise et cela explique-t-il qu'aucun de ses livres ne se clôt sur une certitude, et encore moins sur une condamnation. La littérature ne saurait se substituer à un tribunal.

René de Ceccatty

Cortège brun

Peut-on choisir plus absurde parcours ?
Corso San Martino, il y a une fourmilière
À cinquante centimètres de la voie du tramway,
Et sur le rail lui-même se dévide
Un interminable cortège brun
De fourmis qui vont, nez à nez, se tâtant
L'une l'autre, comme pour supputer
Leur route et leur fortune.
En somme, ces sœurs stupides et têtues,
Laborieuses et lunatiques,
Ont creusé leur ville au sein de notre ville,
Tracé leur voie sur notre voie,
Et la parcourent sans méfiance,
Vaquant, infatigables, à leurs menus commerces,
Sans se soucier de
  Je ne veux point l'écrire,
  Je ne veux rien écrire de ce cortège,
  Je ne veux rien écrire d'aucun cortège brun.

Capaneo

Moi, vous me connaissez. Il se peut qu'alors et là-bas, dans ces haillons zébrés, sous une barbe encore plus mal rasée que d'habitude, et le crâne tondu, j'aie eu un aspect bien différent de celui que j'ai aujourd'hui ; mais la chose est sans importance, le fond n'a pas changé.

De Vidal en revanche, il faut que je vous parle précisément. Vidal avait été un petit bonhomme grassouillet ; il était resté petit, et de ses anciennes rondeurs témoignaient mélancoliquement les bourrelets mous de son visage et de son corps. C'était un Juif de Pise ; déporté dans mon convoi.

On n'aurait pu ni l'aimer ni le détester : sa petite taille, son insignifiance étaient telles qu'on le reléguait dès le premier contact hors des rapports ordinaires des hommes entre eux. Il est mort, oui, bien sûr : les autres aussi sont tous morts, pourquoi devrais-je parler de lui différemment ?

Nous avons travaillé ensemble pendant de nombreuses semaines, dans la boue. Il nous arrivait à tous d'y tomber, dans la boue visqueuse et profonde de ce triste lieu : mais, par ce peu de noblesse animale qui survit en chaque homme, nous essayions par tous les moyens d'éviter les chutes, ou d'en réduire au minimum les effets (vous aurez bien sûr remarqué que, chez les chats, c'est leur fantastique équilibre qui leur confère une indiscutable dignité). Un homme à terre est diminué, il est risible. La raison, je ne saurais vous la dire, mais c'est ainsi, cela a toujours été ainsi, et tout le monde le sait.

Or Vidal tombait sans cesse dans la boue. Plus que n'importe qui d'autre : il suffisait du plus léger des chocs, et ce n'était même pas nécessaire ; même, parfois il était évident qu'il se laissait tomber exprès, rien que pour voir si quelqu'un le rabrouait ou faisait mine de le frapper. Du haut de sa petite taille directement dans la bourbe, comme si cela avait été le sein de sa mère ; comme si, encore, la position debout n'était pas en soi naturelle pour lui, et présentait un danger, à la façon dont on marche sur un trampoline. La boue était son refuge, sa défense. C'était le petit bonhomme de boue : la couleur de la boue était sa couleur. Il le savait : dans le peu de lueur que les souffrances lui avaient laissée, il savait qu'il était grotesque.

Et il en parlait, parce qu'il était bavard. Il racontait

sans fin ses mésaventures, ses chutes, les gifles qu'il recevait, les moqueries, comme un Polichinelle de guignol ; sans la moindre velléité de sauver dans une certaine mesure une parcelle de lui-même, de laisser feutrées les notes les plus abjectes ; au contraire, il accentuait les aspects bouffons et vils de ses déboires, avec un zeste d'histrionisme où l'on devinait des vestiges désormais lointains de bonhomie conviviale.

Vous connaissez des hommes comme lui ? C'est peu probable, mais si oui, vous saurez que ce sont des flagorneurs, naturellement et sans arrière-pensées. Si nous nous étions rencontrés dans la vie, je ne sais pour quelle raison il m'aurait flatté : là-bas, je me rappelle que chaque matin il louait l'aspect sain de mon visage. De la pitié ? Oui, probablement c'est de la pitié que j'éprouvais à son égard, bien que je ne lui aie été guère supérieur. Mais la pitié dans ces circonstances, étant totalement inopérante, se perdait à peine ressentie, comme la pluie sur le sable, et elle laissait dans la bouche un inutile goût de faim.

Tel était donc Vidal durant l'année 1944, qui fut la dernière de sa vie. Vous ne serez pas surpris si je vous dis que, comme tout le monde, j'essayais de l'éviter : il était dans un état de demande trop évident, et l'on se sent toujours un créancier à l'égard de ceux qui sont dans le besoin.

Or, par une chaude journée de septembre les sirènes

de l'alerte aérienne retentirent sur la boue. Elles ne produisaient pas le même son qu'en Italie, avec des reprises distinctes sur une seule note ; elles ululaient (c'était du reste, et j'en fus étonné, leur nom officiel : *Heulton*), montant et descendant d'un ton comme un long hurlement de fauve. L'effet était digne des *Nibelungen*, particulièrement en harmonie avec la rhétorique du mythe germanique, des bêtes sauvages de l'Edda, des têtes de morts. Je ne sais si c'était par hasard, ou à dessein, ou par une participation inconsciente, ce son était plus qu'un signal : c'était un cri de guerre, un défi, une exhalaison de rage et de plainte. J'avais une cachette secrète : j'avais trouvé un boyau souterrain où étaient empilés des ballots de sacs vides. J'y descendis, et j'y trouvai Vidal. Il m'accueillit avec une cordialité verbeuse à laquelle je répondis mollement, et, sans attendre, alors que je commençais à somnoler, il se mit à me raconter je ne sais quels déboires plaintifs.

Au-dehors, après le chant tragique des sirènes, régnait le silence neutre du ciel : blême et lointain, menaçant. Mais tout à coup on entendit un vacarme sur nos têtes et nous vîmes, en haut de l'escalier, se dessiner la silhouette noire et massive de Rappoport qui tenait un seau. Dès qu'il nous aperçut, « Italiens ! » cria-t-il, et il laissa le seau rouler à grand fracas sur les marches.

Le seau avait contenu de la soupe, mais il était presque vide. Vidal et moi avons réussi à en récupérer quelques lampées, en raclant soigneusement le fond avec la cuillère que, à cette époque, nous gardions par-devers nous nuit et jour, prête à toute urgence, comme des Croisés leur épée. Entretemps Rappoport était descendu majestueusement jusqu'à nous : il n'était pas du genre à offrir de la soupe, ni à en réclamer l'offrande.

Rappoport avait dans les trente-cinq ans. D'origine polonaise, il avait obtenu son diplôme de médecin en Italie, précisément à Pise : d'où sa sympathie pour les Italiens, et son étrange amitié pour Vidal, le petit Pisan. Je dis « étrange », parce que Rappoport était un homme admirablement armé. Rusé et violent, avec une trempe de braconnier et de corsaire, il était parvenu avec une parfaite aisance à laisser derrière lui, en bloc, tout ce qu'il avait estimé superflu de son éducation civile. Il vivait dans le camp de concentration comme un tigre dans la jungle : en écrasant et en mettant en pièces les plus faibles et en se tenant à l'écart des plus forts, prêt à corrompre, à user de ses poings, à tirer sa ceinture, à mentir ou à faire profil bas, selon les circonstances.

De sa vie libre, il avait conservé, outre sa vigueur physique, une robuste, joyeuse volonté de jouissance et de connaissance : et voilà, c'était là la clé, la raison pour laquelle, quoique j'aie persisté à sentir en lui un ennemi, son voisinage m'apparaissait toujours agréable.

Rappoport descendit donc lentement l'escalier et quand il fut près de nous, on put voir clairement où avait fini le contenu du seau. C'était une de ses spécialités : au premier gémissement de la sirène, dans le chaos général, se précipiter à la cuisine et s'enfuir avec son butin avant que n'arrivent les unités de l'armée territoriale antiaérienne (Rappoport l'avait fait trois fois, avec le plus grand succès ; la quatrième, en bandit aguerri qu'il était, il resta tranquillement avec son Kommando durant toute la durée de l'alerte. Gold, qui avait voulu l'imiter, fut pris en flagrant délit et, en grande pompe, pendu en public le lendemain). « Santé, Italiens ! dit-il, ciao, Pisan. » Puis le silence retomba : nous étions allongés sur les sacs côte à côte, aucun bruit ne venait de l'extérieur. Peu après, Vidal et moi, comme c'était toujours le cas, nous avions glissé dans un demi-sommeil fourmillant de visions (la position horizontale n'était pas nécessaire pour cela : je me rappelle, dans un moment de repos, m'être endormi debout) ; il n'en fut pas de même pour Rappoport, qui, tout en détestant le travail, était de ces tempéraments sanguins qui ne supportent pas l'oisiveté. Il tira son couteau de sa poche et se mit à l'aiguiser sur une pierre, en crachant régulièrement dessus ; mais cela non plus ne lui suffisait pas, et au bout d'un moment il interpella Vidal qui ronflait déjà.

« Réveille-toi, Vidal[1] ! De quoi as-tu rêvé ? De raviolis, hein ? De raviolis et de chianti. À la cantine de la via dei Mille, pour 6 lires 60. Et de biftecks, *psiakrew cholera* [sacrebleu et zut] ! De biftecks achetés au marché noir, plein l'assiette ! » (Rappoport parlait plutôt bien italien, mais il jurait en polonais ; rien d'étonnant, les injures polonaises sont parmi les plus savoureuses.) « Et puis la Margherita… » Et là, il fit une grimace joviale, il se tapa bruyamment sur la cuisse.

Vidal s'était réveillé, et il se tenait recroquevillé avec un sourire figé sur son visage livide. Presque personne ne lui adressait jamais la parole, ce qui, je crois, ne le faisait pas particulièrement souffrir ; Rappoport en revanche lui parlait assez souvent, de Pise et des Pisans, en le laissant flotter sur la vague des souvenirs avec abandon et avec une sincère nostalgie. Pour moi, il était évident qu'aux yeux de Rappoport

1. Toute cette scène (jusqu'à « il ne m'a pas eu ») a été reprise, dans les mêmes termes, dans la pièce que Primo Levi a écrite, d'après *Si c'est un homme*, avec Pieralberto Marché, en 1966 ; traduite par Philippe Mesnard (Fondation pour la Mémoire de la Shoah) et disponible sur Internet. Rappoport y est nommé Goldner. Elle a été créée le 19 novembre 1966 au Teatro Carignano de Turin. Elle a été traduite et montée en Angleterre et en Allemagne.

Vidal ne représentait rien de plus qu'un prétexte pour ces moments de relâchement et de vacance mentale : mais ils étaient pour Vidal des gages d'amitié, de la précieuse amitié d'un puissant, distribués d'une généreuse main à lui, Vidal, d'homme à homme.

« Comment, tu ne connaissais pas la Margherita ? Tu n'y es jamais allé en bande ? Mais de quelle race de Pisan es-tu donc ? Ha ! (c'est comme ça qu'il faisait, Rappoport : « Hą ! », comme les héros de Rabelais, imprégnés d'amour et de vin, mais encore robustes sur leurs jambes et avec les idées claires). C'était une femme à réveiller les morts : tranquille, propre, gentille de jour, mais de nuit une vraie artiste… »

Là, on commença à entendre un sifflement, et juste après un autre. Ils semblaient nés d'un lointain inaccessible, mais ils se rapprochaient comme des locomotives lancées dans une course folle : puis la terre trembla, les soutènements cimentés du plafond dansèrent un instant comme s'ils avaient été en caoutchouc, et finalement deux gigantesques explosions retentirent, suivies de l'écroulement de matériaux métalliques, et en nous par une détente voluptueuse après notre crispation.

Moi, sincèrement, je n'avais pas vraiment peur des bombardements. J'étais trop inerte, et mon inertie se drapait de stoïcisme, et de l'avis idiot que les bombes, ne nous étant pas destinées, ne nous blesseraient pas. Ma chair redoutait, oui, mais pas au point de prévaloir.

Vidal s'était traîné dans un coin, il cachait son visage dans le creux de son coude, comme pour se protéger des gifles, et il priait à voix haute.

Un nouveau sifflement monstrueux déchira l'air. Vous les connaissez, vous tous, ces bruits perçants. Ce sont des sonorités démoniaques : j'ai souvent pensé que leurs tristes fabricants ont donné délibérément aux bombes une voix, pour exprimer leur soif barbare et un dernier avertissement arrogant aux victimes désignées. Je me suis laissé rouler en bas des sacs, contre le mur : voici l'explosion, toute proche, presque matériellement sensible, et puis le vaste souffle du ressac.

Rappoport se tordait de rire. « Tu t'es chié dessus, hein, Pisan ? Attends, attends, le plus beau reste à venir.

– Tu as des nerfs solides, dis-je.

– Ce n'est pas une question de nerfs, mais de théorie. De comptabilité : c'est mon arme secrète. »

Maintenant, j'étais fatigué, d'une fatigue désormais ancienne, incarnée, qui me semblait irrévocable. Pas la fatigue que tout le monde connaît, qui se superpose au bien-être et le voile, comme une paralysie provisoire ; mais un manque, un vide définitif, une amputation. Mon état normal était de me sentir déchargé, comme un fusil qui a tiré. Et Vidal était comme moi, peut-être d'une façon moins consciente ; et comme nous deux étaient tous les autres. Les paroles de Rappoport, sa façon d'être, sa vitalité que, dans d'autres conditions, j'aurais admirées (comme du reste aujourd'hui je les admire), m'apparaissaient comme déplacées, insolentes. Nous étions finalement dans le même sac, nous deux « musulmans »[1] et lui, bien que polonais et repu, et médecin, et maître dans l'art d'esquiver les fatigues et d'organiser des festins illégaux. On n'aurait pas donné deux sous de notre peau, et la sienne ne valait guère plus, mais il était irritant qu'il ne veuille pas prendre parti. Quant à cette théorie et à sa comptabilité, je n'avais pas la moindre envie de l'entendre. J'avais autre chose à faire : dormir, si ceux de là-haut me le permettaient. Sinon, ravaler ma peur, en paix, comme tout bien-pensant.

Mais il n'était pas facile de repousser Rappoport, de l'éluder ou de l'ignorer. « Comment faites-vous pour dormir ? Je m'échine à faire un testament et vous, vous dormez ! Ma bombe est peut-être déjà en chemin : je ne veux pas perdre l'occasion.

« Si j'étais libre, je voudrais écrire un livre avec toute ma philosophie dedans : *Rappoportii, Doctoris Crassi, De malis et bonis more geometrico summandis*[2]. Pour

---

1. Rappelons que c'est le qualificatif (*Muselmann* en yiddish) utilisé dans le camp pour désigner les déportés tellement affaiblis qu'ils n'opposent aucune résistance, à l'image d'un musulman dans la prière, soumis à la volonté divine.

2. *Rappoport, Docteur Crassus : Résumé de façon géométrique des maux et des biens*. Crassus en latin signifie gros ou riche.

l'instant je ne puis faire mieux que de vous l'exposer à vous deux, babouins. Si ça vous est utile, tant mieux. Sinon, ou si vous vous en tirez et pas moi, ce qui serait tout de même étrange, vous pourrez la raconter à la cantonade, et si ça se trouve, ça tombera à pic pour certains. Non pas que j'y accorde une grande importance, bien entendu : je n'ai pas l'étoffe d'un bienfaiteur.

« Mais voilà : "au temps de ma jeunesse folle"[1], j'ai bu, j'ai mangé, j'ai fait l'amour, j'ai eu des amis de toute race, j'ai quitté la Pologne plate et grise pour cette Italie qui est la vôtre, et en Italie j'ai étudié, j'ai voyagé, j'ai vu. J'ai fait tout cela les yeux bien ouverts, je n'en ai pas perdu une miette ; j'ai été diligent, je ne crois pas que l'on puisse faire plus ou mieux. Ça m'a réussi, j'ai accumulé une grande quantité de biens, et tout ce bien n'a pas disparu, il est en moi, en sécurité : je ne l'ai pas laissé pâlir. Je l'ai conservé.

« Puis je me suis retrouvé ici : je suis ici depuis vingt mois, et depuis vingt mois je tiens mes comptes. Les affaires reprennent, je suis encore pas mal dans le positif. Tant que je suis dans le positif, je suis tabou, je suis invulnérable : pour gâcher mes résultats, il faudrait encore beaucoup d'années de camp, ou beaucoup de

1. En français. Citation de François Villon (« Le testament », strophe XXVI).

journées de torture. D'ailleurs (et il se caressa affectueusement l'estomac), avec un peu d'initiative, ici, de temps à autre, on peut trouver du bon.

« C'est pourquoi, au cas déplorable où l'un de vous me survivrait, vous pourrez raconter aux éventuels intéressés que Leon Rappoport a eu tout ce qu'il méritait, il n'a laissé ni dettes ni crédits, il n'a pas pleuré et il n'a réclamé aucune pitié. Si dans l'autre monde je rencontre Hitler, je lui cracherai au visage de plein droit, car il ne m'a pas eu. »

Son discours fut interrompu brusquement. Deux soldats de la Flak firent irruption dans notre refuge, escortés par un Kapo, et ils nous chassèrent dehors, où déjà sonnaient les sirènes du « cessez-le-feu », pour que nous participions au nettoyage des gravats.

J'ai revu Rappoport une seule fois, bien des mois plus tard et pour quelques instants, grâce à quoi son image est restée en moi sous la forme presque photographique de sa dernière apparition.

Je gisais, malade, dans l'infirmerie du camp, en janvier 1945. De ma couchette, on pouvait voir un bout de route entre deux baraquements, où, dans la neige désormais épaisse, était tracée une piste : ceux qui étaient rattachés à l'infirmerie y passaient souvent, deux par deux, portant sur un brancard des morts ou des mourants. Je pense que la destination était le dépôt où étaient empilés les cadavres à transporter aux fours crématoires de Birkenau.

Un jour, j'ai vu deux brancardiers, dont l'un m'a frappé par sa haute taille et par une obésité ostentatoire, empreinte d'autorité, très inhabituelle en ces lieux. Je reconnus en lui Rappoport, je descendis près de la fenêtre sur laquelle je me mis à taper. Il s'arrêta, il m'adressa une grimace gaie et allusive, et il leva la main dans un ample geste de salut : ce qui fit pencher sa triste charge qui s'effondra.

Deux jours plus tard, le camp était évacué, dans les circonstances épouvantables qui sont bien connues. J'ai des raisons de soutenir que Rappoport n'a pas survécu. C'est pourquoi je pense qu'il est de mon devoir d'accomplir du mieux que je peux la tâche qui m'a été confiée.

Papillon angélique

Ils étaient assis dans la jeep, raides et silencieux : ils menaient une existence commune depuis deux mois, mais il n'y avait pas une grande familiarité entre eux. Ce jour-là, c'était au tour du Français de conduire. Ils parcoururent le Kurfurstendamm en cahotant sur la chaussée défoncée, tournèrent dans la Glockenstrasse en contournant de justesse une coulée de décombres, et la suivirent jusqu'à la hauteur de la Magdalene : ici, un cratère de bombe, rempli d'une eau boueuse, barrait la rue ; sortant d'une conduite noyée, le gaz gargouillait en faisant de grosses bulles visqueuses.

– C'est plus loin, au numéro 26, dit l'Anglais, continuons à pied.

La maison du numéro 26 paraissait intacte, mais elle était presque isolée. Elle était entourée par des terrains incultes, d'où les décombres avaient été déblayés ; l'herbe y poussait déjà, laissant place ici et là à quelques potagers rachitiques.

La sonnette ne fonctionnait pas ; ils frappèrent longtemps en vain, puis forcèrent la porte qui céda à la première poussée. À l'intérieur, il y avait de la poussière, des toiles d'araignées et une pénétrante odeur de moisi. « Au premier étage », dit l'Anglais. Au premier étage, ils trouvèrent la plaque « Leeb » ; il y avait deux serrures et la porte était solide : elle résista longtemps à leurs efforts.

Lorsqu'ils entrèrent, ils se trouvèrent dans l'obscurité. Le Russe alluma une lampe de poche, puis ouvrit une fenêtre toute grande ; on entendit une fuite rapide de rats, mais les animaux restèrent invisibles. La pièce était vide : pas un meuble. Il y avait seulement un grossier châssis et deux perches robustes, parallèles, qui allaient horizontalement d'un mur à l'autre, à deux mètres au-dessus du plancher. L'Américain prit trois photographies de différents points de vue et fit un rapide croquis.

Il y avait sur le sol une couche d'immondes loques, de vieux papiers, d'os, de plumes, de pelures de fruits ; de grosses taches rouge-brun que l'Américain racla avec soin en en recueillant la poussière dans un petit tube de verre. Dans un angle, un petit tas d'une matière indéfinissable, blanche et grise, sèche : elle sentait l'ammoniac et l'œuf pourri et grouillait de vers.

– *Herrenvolk !* dit le Russe avec mépris (ils parlaient allemand entre eux) ; l'Américain préleva aussi un échantillon de cette substance.

L'Anglais ramassa un os, le porta près de la fenêtre et l'examina attentivement.

– À quel animal appartiennent-ils ? demanda le Français.

– Je ne sais pas, dit l'Anglais, jamais vu un os semblable. On dirait un oiseau préhistorique : mais on trouve seulement cette crête… Bon, il faudra faire une lame fine.

Il y avait dans sa voix répugnance, haine et curiosité.

Ils rassemblèrent tous les os et les portèrent dans la jeep. Autour de la jeep il y avait un petit rassemblement de curieux ; un enfant était monté dedans et fouillait sous les sièges. Lorsqu'ils virent les quatre militaires, ils s'éloignèrent en hâte. Ils parvinrent seulement à retenir trois personnes : deux hommes âgés et une jeune fille. Ils les questionnèrent : ils ne savaient rien. Le professeur Leeb ? Jamais connu. Mme Spengler, au rez-de-chaussée ? Elle était morte sous les bombardements.

Ils montèrent dans la jeep et mirent le moteur en marche. Mais la fille, qui s'était déjà tournée pour s'en aller, revint sur ses pas et demanda :

– Avez-vous des cigarettes ?

Ils en avaient. La fille dit :

– Quand ils ont tué les vilaines bêtes du professeur Leeb, j'étais là aussi.

Ils la firent monter dans la jeep et la conduisirent au Commandement quadripartite.

– Alors, elle était donc bien vraie, l'histoire ? fit le Français.

– On dirait, répondit l'Anglais.

– Du bon travail pour les experts, dit le Français, en palpant le petit sac contenant les os – mais pour nous aussi : maintenant c'est à nous de rédiger le rapport, personne ne le fera à notre place. Un sale métier !

Hilbert était furieux :

– Du guano, dit-il. Qu'est-ce que vous voulez savoir de plus ? De quel oiseau ? Allez voir un chiromancien, pas un chimiste. Il y a quatre jours que je me casse la tête sur vos dégoûtantes trouvailles : je veux bien être pendu si le diable en personne peut en tirer quelque chose de plus. Apportez-moi d'autres échantillons : du guano d'albatros, de pingouins, de mouettes, alors je pourrai faire des comparaisons, et peut-être qu'avec un peu de chance on pourra en reparler. Moi, je ne suis pas un spécialiste en guano. Quant aux taches sur le plancher, j'y ai trouvé de l'hémoglobine, et si quelqu'un m'en demande la provenance, je vais tout droit en forteresse.

– En forteresse : pourquoi ? demanda le commissaire.

– Oui, en forteresse : parce que si quelqu'un me le demande, je lui répondrai qu'il est un imbécile, même si c'est un supérieur. Il y a de tout là-dedans : du sang, du ciment, du pipi de chat et de rat, de la choucroute, de la bière, bref : la quintessence de l'Allemagne.

Le colonel se leva pesamment :

– Pour aujourd'hui, cela suffit, dit-il. Demain soir vous serez mes invités. J'ai trouvé un endroit pas mal du tout à Grunewald, sur le bord du lac. Nous en reparlerons alors, quand nous aurons tous les nerfs un peu détendus.

C'était une brasserie réquisitionnée, et l'on pouvait y trouver de tout. Hilbert et Smirnov, le biologiste, étaient assis auprès du colonel. Les quatre hommes de la jeep se trouvaient le long des grands côtés de la table ; au bas, il y avait un journaliste et Leduc, du tribunal militaire.

– Ce Leeb, dit le colonel, était un curieux personnage. Son époque était propice aux théories, comme vous le savez, et si la théorie était en accord avec l'ambiance, il ne fallait pas une documentation considérable pour qu'elle soit lancée et trouve un bon accueil, même dans les plus hautes sphères. Mais Leeb, à sa façon, était un scientifique sérieux : il cherchait les faits, pas le succès.

« Maintenant, n'attendez pas de moi que je vous expose les théories de Leeb par le menu : d'abord parce que je n'en ai compris que ce qu'un colonel peut comprendre, et ensuite parce que, en tant que membre de l'Église presbytérienne… eh bien, je crois en une âme immortelle, et je tiens à la mienne.

– Écoutez, chef, l'interrompit Hilbert au front têtu, écoutez. Dites-nous ce que vous savez, s'il vous plaît. Et pas pour nos beaux yeux, mais puisqu'il y a eu trois mois hier que nous tous ne nous occupons pas d'autre chose… Le moment me paraît venu, en somme, de savoir à quel jeu nous jouons. Ne serait-ce que pour pouvoir travailler avec un peu plus d'intelligence, vous comprenez.

– C'est plus que justifié, et d'ailleurs, ce soir, nous sommes ici pour cela. Mais ne soyez pas surpris si je prends les choses d'un peu loin. Et vous, Smirnov, corrigez-moi si je m'égare.

« Allons-y. Dans certains lacs du Mexique vit un petit animal au nom impossible, fait un peu comme une salamandre. Il vit là sans être dérangé depuis je ne sais combien de millions d'années comme si de rien n'était, et cependant il est le titulaire et le responsable d'une sorte de scandale biologique : parce qu'il se reproduit à l'état larvaire. Or, à ce qu'on m'a fait comprendre, c'est une affaire d'une extrême gravité, une hérésie intolérable, un coup bas de la nature porté à ceux qui l'étudient et édictent ses lois. En somme, c'est comme si une chenille – précisons : une chenille femelle – s'accouplait avec une autre chenille, mâle, était fécondée et pondait des œufs avant de devenir papillon. Et que de ces œufs, naturellement, naissent d'autres chenilles. Alors, à quoi sert de devenir papillon ? À quoi sert de devenir un "insecte parfait" ? Puisqu'on peut s'en passer.

« Et, de fait, l'axolotl s'en passe (c'est le nom de ce petit monstre, j'avais oublié de vous le dire). Il s'en passe presque toujours : un individu seulement sur cent ou sur mille, doué peut-être d'une longévité particulière, un bon bout de temps après qu'il s'est reproduit, se transforme en un animal différent. Ne faites pas cette grimace, Smirnov, ou bien à vous de parler. Chacun s'exprime comme il peut et comme il sait.

Il fit une pause.

– Néotène, voila comment s'appelle ce casse-tête : lorsqu'un animal se reproduit à l'état de larve.

Le dîner était terminé, et l'heure des pipes était venue. Les neuf hommes se transportèrent sur la terrasse, et le Français dit :

– Très bien, tout cela est très intéressant, mais je ne vois pas le rapport qu'il…

– Nous y arrivons. Il reste encore à dire que, sur ces phénomènes, depuis une dizaine d'années, il semble qu'eux (et il indiqua de la main l'endroit où se tenait Smirnov) arrivent à mettre la main, à les diriger dans une certaine mesure. Que, en administrant aux axolotls des extraits hormonaux…

– Un extrait thyroïdien, précisa Smirnov à contre-cœur.

– Merci. Un extrait thyroïdien, la métamorphose se produit toujours. C'est-à-dire qu'elle a lieu avant la mort de l'animal. Eh bien, c'est cela que Leeb s'était fourré dans la tête. Que cette condition n'était pas aussi exceptionnelle qu'il semble : que d'autres animaux, peut-être beaucoup, peut-être tous, et peut-être même l'homme, avaient quelque chose en réserve, une potentialité, une capacité ultérieure de développement. Qu'au-delà de tout ce qu'on avait pu imaginer, ils se trouvaient à l'état d'ébauches, de brouillons, et pouvaient devenir « autres », et que s'ils ne le devenaient pas c'était uniquement parce que la mort intervenait avant. En somme, que nous aussi étions des néotènes.

– Sur quelles bases expérimentales ? demanda une voix dans l'obscurité.

– Aucune, ou fort peu nombreuses. Dans le dossier il y a un long manuscrit de lui : une bien curieuse mixture d'observations pénétrantes, de généralisations téméraires, de théories extravagantes et fumeuses, de divagations littéraires et mythologiques, de pointes polémiques pleines de rancœur, de flatteries où on le voit ramper devant des Personnages Très Importants de l'époque. Je ne suis pas étonné qu'il soit resté inédit. Il y a un chapitre sur la troisième denture des centenaires qui contient aussi une curieuse étude sur les cas où des chauves ont vu repousser leurs cheveux à un âge très avancé. Un autre chapitre traite de l'iconographie des anges et des diables, depuis les Sumériens jusqu'à Melozzo da Forli et de Cimabue à Rouault ; il contient un passage qui m'a semblé fondamental, dans lequel, à sa manière à la fois apodictique et confuse, mais avec une insistance maniaque, Leeb formule l'hypothèse que… eh bien, que les anges ne sont pas une invention fantastique, ni des êtres surnaturels, ni un rêve de poète, mais qu'ils sont notre futur, c'est-à-dire ce que nous deviendrons, ou ce que nous pourrions devenir si nous vivions assez longtemps, ou si nous nous soumettions à ses manipulations. Et, de fait, le chapitre suivant, qui est le plus long du traité et dont j'ai compris très peu de choses, s'intitule *Les Fondements physiologiques de la métempsycose*. Un autre encore contient un programme d'expériences sur l'alimentation humaine : un programme d'une telle ampleur que cent existences ne suffiraient pas à le réaliser. Il s'y propose de soumettre des villages entiers, durant des générations, à des régimes alimentaires déments, à base de lait fermenté, ou d'œufs de poisson, d'orge germée ou de bouillie d'algues : avec exclusion rigoureuse de l'exogamie, le sacrifice (on lit exactement : *Opferung*) de tous les sujets à soixante ans, et leur autopsie, que Dieu lui pardonne s'il peut. On trouve aussi, en épigraphe, une citation de *La Divine Comédie*, en italien, où il est question de vers, d'insectes éloignés de la perfection et d'*angeliche farfalle*[1]. J'oubliais : le manuscrit est précédé d'une épître dédicatoire, adressée, savez-vous à qui ? À Alfred Rosenberg, celui du *Mythe du XXe siècle*, et il est suivi d'un appendice où Leeb fait allusion à un travail expérimental « de caractère plus modeste » mis en train par lui en 1943 : un cycle d'expériences préliminaires et anticipatrices, auxquelles on pourrait procéder (avec les précautions exigées par le secret) dans un appartement privé ordinaire. L'appartement privé qui lui fut attribué dans ce but était situé au numéro 26 de la Glockenstrasse.

– Je m'appelle Gertrud Enk, dit la jeune fille. J'ai dix-neuf ans, et j'en avais seize quand le professeur Leeb installa son laboratoire dans la Glockenstrasse. Nous habitions en face, et de la fenêtre nous pou-

1. Papillons angéliques.

vions voir différentes choses. Une camionnette militaire arriva en septembre 1943 : quatre hommes en uniforme et quatre autres en civil en descendirent. Ils étaient très maigres et ne levaient pas la tête : il y avait deux hommes et deux femmes.

« Il arriva ensuite plusieurs caisses portant l'inscription "Matériel de guerre". Nous étions très prudents et nous regardions seulement lorsque nous étions sûrs que personne ne s'en apercevait, car nous avions compris qu'il y avait là-dessous quelque chose de pas très clair. Pendant des mois et des mois il ne se passa plus rien. Le professeur venait une ou deux fois seulement par mois ; seul, ou avec des militaires et des membres du parti. Moi, j'étais très curieuse, mais mon père disait toujours : "Laisse faire, ne t'occupe pas de ce qui se passe là-dedans. Nous autres Allemands, moins nous en savons et mieux ça vaut." Puis ce furent les bombardements ; la maison du numéro 26 resta debout, mais le déplacement d'air enfonça les fenêtres deux fois.

« La première fois, on voyait dans la chambre du premier étage les quatre personnes couchées par terre sur de mauvaises paillasses. Elles étaient aussi couvertes que si l'on avait été en hiver, alors que, ces jours-là, il faisait une chaleur exceptionnelle. On aurait dit qu'elles étaient mortes ou qu'elles dormaient : mais elles ne pouvaient pas être mortes, car l'infirmier qui était à côté d'elles lisait tranquillement son journal en fumant la pipe ; et si elles avaient dormi, est-ce qu'elles ne se seraient pas réveillées aux sirènes annonçant la fin de l'alerte ?

« Mais, la seconde fois il n'y avait plus ni paillasses ni gens. Il y avait quatre perches placées en travers, à mi-hauteur, et quatre vilaines bêtes posées dessus.

– Quatre vilaines bêtes qui ressemblaient à quoi ? demanda le colonel.

– Quatre oiseaux : on aurait dit des vautours, mais, des vautours, moi je n'en ai vu qu'au cinéma. Ils étaient effrayés, et ils poussaient des cris terrifiants. Ils semblaient essayer de sauter des perches à terre, mais ils devaient être enchaînés, car leurs pieds n'arrivaient jamais à quitter les perches sur lesquelles ils étaient juchés. On aurait dit aussi qu'ils s'efforçaient de prendre leur envol, mais avec ces ailes…

– Quelle sorte d'ailes avaient-ils ?

– Des ailes : c'est une façon de parler, avec quelques plumes clairsemées. Elles ressemblaient… elles ressemblaient aux ailes des poulets rôtis, voilà. On ne voyait pas bien les têtes parce que nos fenêtres étaient trop hautes, mais elles n'étaient pas belles du tout et elles étaient très impressionnantes. Elles ressemblaient aux têtes de momies qu'on voit dans les musées. Ensuite, l'infirmier arriva tout de suite, et il tendit des couvertures de façon qu'on ne puisse plus regarder à l'intérieur. Le lendemain, les fenêtres avaient déjà été réparées.

– Et ensuite ?

– Ensuite, plus rien. Les bombardements étaient de plus en plus rapprochés, deux, trois par jour ; notre maison s'effondra, tout le monde fut tué, sauf mon père et moi. Tandis que, comme je l'ai déjà dit, la maison du 26 resta debout ; la seule à mourir fut la veuve Spengler, mais dans la rue, surprise par un mitraillage à basse altitude.

« Les Russes arrivèrent, la fin de la guerre arriva, et nous avions tous faim. Nous nous étions fabriqué une baraque à côté d'ici, et je m'en tirais comme je pouvais. Une nuit, nous vîmes beaucoup de gens qui parlaient dans la rue devant le 26. Puis quelqu'un ouvrit la porte, et tous entrèrent en se bousculant. Alors je dis à mon père : “Je vais voir ce qui se passe” ; lui me faisait le même discours, mais j'avais faim et j'y allai. Quand j'arrivai en haut, c'était déjà presque fini.

– Qu'est-ce qui était fini ?

– Ils leur avaient fait leur fête, avec des bâtons et des couteaux, et les avaient déjà mis en pièces. Celui qui montrait l'exemple à tous devait être l'infirmier, j'ai cru le reconnaître ; et puis c'était lui qui avait les clés. Je me rappelle même que, quand ce fut fini, il prit la peine de refermer toutes les portes, Dieu sait pourquoi : puisqu'il n'y avait plus rien.

– Qu'est devenu le professeur ? demanda Hilbert.

– On ne le sait pas de façon précise, répondit le colonel. Selon la version officielle, il est mort, il s'est pendu à l'arrivée des Russes. Mais, pour ma part, je suis persuadé que ce n'est pas vrai. Les hommes comme lui renoncent seulement devant l'insuccès, alors que lui, quelque jugement qu'on porte sur cette répugnante histoire, il a réussi. Je crois que si l'on cherchait bien, on le trouverait, et peut-être pas si loin d'ici ; je crois qu'on entendra reparler du professeur Leeb.

La versamine

Il y a des métiers qui détruisent et des métiers qui conservent. Parmi ceux qui conservent le mieux, par une compensation naturelle, on compte justement les métiers qui consistent à conserver quelque chose : documents, livres, œuvres d'art, instituts, institutions, traditions. On a fait communément l'expérience que les bibliothécaires, les gardiens de musées, les sacristains, les portiers des écoles, les archivistes, non seulement sont doués de longévité, mais se conservent eux-mêmes pendant des décennies sans altérations visibles.

Jakob Dessauer, en boitant légèrement, gravit les huit larges degrés et, après douze années d'absence, entra dans le hall de l'Institut. Il s'enquit de Haarhaus, de Kleber, de Wincke : il n'y avait plus personne : morts ou transférés ailleurs ; le seul visage connu était celui du vieux Dybowski. Dybowski : non, il n'avait pas changé : le même crâne chauve, les mêmes rides serrées et profondes, la barbe mal rasée, les mains osseuses marquées de taches de toutes les couleurs. La blouse, grise, rapiécée, trop courte, était aussi la même.

– Eh oui, dit-il, quand passe la tempête ce sont les plus grands arbres qui tombent. Moi, je suis resté : il faut croire que je ne gênais personne : ni les Russes, ni les Américains, ni les autres, ceux d'avant.

Dessauer regardait autour de lui : beaucoup de vitres manquaient encore aux fenêtres, beaucoup de livres manquaient sur les rayons, le chauffage était réduit, mais l'Institut vivait : étudiants et étudiantes passaient dans les couloirs, habillés de vêtements râpés et usés, et l'on respirait dans l'air des odeurs âcres et caractéristiques, qui lui étaient bien connues. Il demanda à Dybowski des nouvelles des absents : ils étaient presque tous morts à la guerre, au front ou dans les bombardements ; Kleber aussi, son ami, était mort, mais non du fait de la guerre : Kleber, Wunderkleber, comme ils l'appelaient, Kleber aux miracles.

– Lui, justement : vous n'avez pas entendu parler de son histoire ? Une étrange histoire, en vérité.

– Je suis absent depuis bien des années, répondit Dessauer.

– C'est vrai : je n'y pensais pas, dit Dybowski, sans poser de questions. Avez-vous une demi-heure devant vous ? Venez avec moi, je vais vous la raconter.

Il conduisit Dessauer dans son cagibi. La lumière

grise d'un après-midi de brume entrait par la fenêtre : la pluie tombait par rafales sur les herbes sauvages qui avaient envahi les plates-bandes, naguère bien entretenues. Ils s'assirent sur deux escabeaux, devant une balance de précision mangée par la rouille. Il y avait dans l'air une odeur lourde de phénol et de brome ; le vieil homme alluma sa pipe et sortit de dessous la paillasse une bouteille brune.

– Moi, je n'ai jamais manqué d'alcool, dit-il, et il versa le liquide dans deux bechers à bec.

Ils burent, puis Dybowski commença son récit.

– Vous savez, ce ne sont pas des choses qu'on raconte au premier venu. Je vous les dis, à vous, parce que vous étiez amis, et qu'ainsi vous pourrez mieux comprendre. Après votre départ, on ne peut pas dire que Kleber avait beaucoup changé : il était entêté, sérieux, attelé à la tâche, instruit, extrêmement adroit. Il ne lui manquait même pas ce grain de folie qui, dans notre travail, ne gâte rien. Il était aussi très timide ; lorsque vous êtes parti, il ne se fit pas d'autres amis, mais il commença à avoir de curieuses petites manies, comme cela arrive à ceux qui vivent seuls. Vous vous souvenez qu'il continuait depuis des années sa ligne de recherche sur les dérivés du benzol : il avait été réformé à cause des yeux, vous le savez. Même plus tard, il ne fut pas appelé sous les armes, quand on appelait tout le monde : on ne l'a jamais su, il avait peut-être des connaissances haut placées. Il continua donc à étudier ses dérivés de benzol ; je ne sais pas, il n'est pas impossible que cela ait eu de l'intérêt pour les autres, à cause de la guerre. Il tomba par hasard sur les versamines.

– Les versamines : qu'est-ce que c'est ?

– Attendez, cela viendra après. Il testait ses préparations sur les lapins : il avait déjà fait une quarantaine d'essais lorsqu'il s'aperçut qu'un des lapins avait un drôle de comportement. Il refusait la nourriture et, en revanche, il mâchait le bois, mordait les fils de fer de la cage au point de se faire saigner la bouche. Il mourut quelques jours plus tard, d'une infection. Bon, un autre n'y aurait pas attaché d'importance, mais pas Kleber : il était de la vieille école : il croyait plus aux faits qu'aux statistiques. Il fit administrer à trois autres lapins le B/41 (c'était le 41e dérivé de benzol), et il obtint des résultats très semblables. À ce moment-là, il s'en est fallu de peu que, moi aussi, je n'entre dans l'histoire.

Il s'interrompit : il attendait une question, et Dessauer ne manqua pas de la poser.

– Vous ? De quelle façon ?

Dybowski baissa un peu la voix.

– Comme vous le savez, la viande était rare, et ma femme trouvait que c'était dommage de jeter tous les animaux d'expérience dans l'incinérateur. Aussi, de temps en temps, nous goûtions à l'un d'eux : beaucoup de cobayes, quelques lapins ; des chiens et des singes : non, jamais. Nous choisissions ceux qui nous paraissaient les moins dangereux, et le hasard nous fit tomber sur un de ces trois lapins dont je vous ai parlé, mais nous ne nous en aperçûmes que plus tard. Voyez-vous, j'aime boire. Je n'ai jamais exagéré, mais je ne peux pas m'en passer. Je m'aperçus que quelque chose ne tournait pas rond justement comme cela, à cause de la boisson. Je m'en souviens encore comme si c'était aujourd'hui : j'étais ici avec un ami, il s'appelait Hagen, nous avions trouvé je ne sais où une bouteille d'eau-de-vie, et nous buvions. C'était le soir après le lapin ; cette eau-de-vie était d'une bonne marque, eh bien je ne l'aimais pas, il n'y avait rien à faire. Hagen, au contraire, la trouvait excellente ; alors nous avons discuté, chacun voulait convaincre l'autre, et, de petit verre en petit verre, nous nous sommes un peu échauffés. Moi, plus je buvais et moins je la trouvais bonne ; l'autre persistait, nous avons fini par nous quereller, je l'ai traité d'entêté et d'idiot, et Hagen m'a cassé la bouteille sur la tête : vous voyez, à cet endroit ? J'ai encore la cicatrice. Eh bien, le coup ne me fit pas mal ; au contraire, il me causa une sensation étrange, très agréable, que je n'avais jamais éprouvée. J'ai tenté plusieurs fois de chercher les mots pour la décrire, et je ne les ai jamais trouvés : c'était un peu comme lorsqu'on se réveille et qu'on s'étire, encore au lit, mais en beaucoup plus fort, plus vif, comme si elle avait été concentrée en un point.

« Je ne sais plus comment cette soirée a fini ; le lendemain, la blessure ne saignait plus, j'y mis du sparadrap, mais quand je le touchais, j'éprouvais de nouveau cette sensation, une sorte de chatouillement, mais, croyez-moi, si agréable que je passai la journée à toucher le sparadrap, chaque fois que je pouvais le faire sans que personne ne le vît. Puis, peu à peu, tout rentra dans l'ordre, je recommençai à aimer l'alcool, la blessure guérit, je fis la paix avec Hagen et je n'y pensai plus. Mais j'y pensai de nouveau quelques mois plus tard.

– Ce B/41, qu'est-ce que c'était ? l'interrompit Dessauer.

– C'était un dérivé de benzol, je vous l'ai déjà dit. Mais il contenait un noyau spiranique.

Étonné, Dessauer leva les yeux.

– Un noyau spiranique ? Comment savez-vous ces choses-là ?

Dybowsky eut un sourire las.

– Quarante ans, répondit-il avec patience : il y a quarante ans que je travaille ici, et vous voudriez que je n'aie vraiment rien appris ? Travailler sans apprendre quelque chose ne donne pas de satisfaction. Et puis, avec tout ce qui s'est dit après, on en a même parlé dans les journaux, vous ne les avez pas lus ?

– Pas ceux de cette période, dit Dessauer.

– Non pas qu'ils aient bien expliqué les choses, vous savez comment sont les journalistes, mais, pour le dire en deux mots, pendant un moment on n'a parlé que de spiranes dans toute la ville, comme quand on juge les crimes par empoisonnement. On n'entendait pas autre chose, jusque dans les trains, les refuges antiaériens, même les écoliers avaient une idée des noyaux benzéniques condensés et non plans, du carbone spiranique asymétrique, du benzol en *para* et de l'activité versaminique. Car, à présent vous l'aurez compris, n'est-ce pas, ce fut Kleber qui appela lui-même *versamines* ces substances qui convertissent la douleur en plaisir. Le benzol n'y était pour rien, ou pour très peu : ce qui comptait était vraiment le noyau constitué d'une certaine façon, presque comme les plans de la queue d'un avion. Si vous montez au deuxième étage, dans le bureau du pauvre Kleber, vous verrez les modèles dans l'espace qu'il faisait lui-même, de ses mains.

– Elles avaient un effet permanent ?

– Non, il durait seulement quelques jours.

– Dommage, laissa échapper Dessauer.

Il écoutait attentivement, mais en même temps il ne parvenait pas à détourner ses regards du brouillard et de la pluie de l'autre côté des vitres, ni à interrompre le fil de ses pensées : sa ville telle qu'il l'avait retrouvée, presque intacte dans les édifices, mais bouleversée intérieurement, travaillée par en dessous comme une île de glace flottante, pleine d'une fausse joie de vivre, sensuelle sans passion, bruyante sans gaieté, sceptique, inerte, perdue. La capitale de la névrose : nouvelle seulement en cela, pour le reste vétuste, ou plutôt hors du temps, aussi pétrifiée que Gomorrhe. Le théâtre le mieux fait pour l'histoire embrouillée que le vieil homme était en train de démêler.

– Dommage ? Attendez la fin. Vous n'avez pas compris que c'était une grosse affaire ? Il faut vous dire que ce B/41 n'était qu'une première ébauche, une préparation aux effets faibles, inconstants. Kleber s'avisa tout de suite qu'avec certains groupes de substitution, même pas tellement éloignés, on pouvait faire bien davantage : c'est un peu comme l'histoire de la bombe d'Hiroshima et des autres qui vinrent après. Ce n'est pas par hasard, voyez-vous, non, pas par hasard : les uns croient délivrer l'humanité de la douleur, les autres lui faire cadeau de l'énergie gratuite, et ils ne savent pas que rien n'est gratis, jamais : tout se paie. Quoi qu'il en fût, il avait trouvé le filon. Je travaillais avec lui, il m'avait confié tout le travail sur les animaux : lui, il continuait avec les synthèses, il en développait trois ou quatre en même temps. En avril, il prépara un composé beaucoup plus actif que tous les autres, le numéro 160, celui qui devint ensuite la versamine DN, et il me le passa pour les essais. La dose était basse, pas plus d'un demi-gramme. Tous les animaux réagissaient, mais pas également : certains montraient seulement quelques anomalies dans le comportement, du genre de celles dont je vous ai déjà parlé, ils redevenaient normaux en quelques jours ; mais d'autres paraissaient, comment dire, complètement sens dessus dessous, et ils ne guérissaient plus, comme si, pour eux, le plaisir et la douleur avaient définitivement changé de place : ceux-là mouraient tous.

« C'était une chose affreuse et fascinante de les regarder. Je me rappelle un chien-loup, par exemple, que nous voulions conserver en vie à tout prix, malgré lui, car on aurait dit qu'il n'avait qu'une seule et unique volonté, celle de se détruire. Il plantait férocement ses dents dans ses pattes et dans sa queue et lorsque je lui mis une muselière, il se mordit la langue. Je dus lui mettre un tampon de caoutchouc dans la gueule, et je l'alimentais au moyen d'injections : lui apprit alors à courir dans sa cage et à se cogner de toutes ses forces contre les barreaux. Pour commencer il frappait au hasard, avec sa tête, avec ses épaules, mais il vit ensuite que c'était mieux de frapper avec le nez et, chaque fois, il poussait des petits cris de plaisir. Je dus lui attacher les pattes, mais il ne se plaignait pas ; au contraire, il remuait calmement la queue toute la journée et toute la nuit, car il ne dormait plus. Il avait reçu un seul décigramme de versamine, en une seule dose, mais il ne guérit plus : Kleber essaya sur lui une douzaine d'antidotes supposés (il avait sa théorie, affirmant qu'ils auraient dû agir à cause de je ne sais quelle synthèse défensive), mais aucun n'eut d'effet, et le treizième le tua.

« Puis il a eu entre les mains un chien mâtiné, il avait un an environ, une petite bête à laquelle je me suis aussitôt attaché. Il paraissait doux, aussi le laissions-nous en liberté dans le jardin une bonne partie du jour. À lui aussi nous avions administré un décigramme, mais à petites doses, dans le courant d'un mois : celui-là survécut plus longtemps, le malheureux, mais ce n'était plus un chien. Il n'y avait plus rien de canin en lui : il n'aimait plus la viande, grattait la terre et les cailloux avec ses ongles et en avalait. Il mangeait de la salade, de la paille, du foin, le papier journal. Il avait peur des petites chiennes, mais faisait la cour aux poules et aux chattes, et une chatte prit même mal la chose, elle lui sauta aux yeux et se mit à le griffer, et lui la laissait faire, et il agitait la queue, couché sur le dos. Si nous n'étions pas arrivés à temps, elle lui crevait les yeux. Plus il faisait chaud, et plus nous avions du mal à le faire boire : devant moi il faisait semblant de boire, mais il était manifeste que l'eau lui répugnait ; un jour, il se sauva dans le laboratoire sans être vu, trouva une bassine de solution isotonique et la but entièrement. Mais quand il était rassasié d'eau (je l'introduisais en lui avec une sonde), alors il aurait continué à boire jusqu'à éclater.

« Il hurlait au soleil, glapissait à la lune, agitait sa queue pendant des heures devant le stérilisateur et le centrifugeur à boulets, et lorsqu'on l'emmenait se promener, il grondait à tous les angles de rues et aux arbres. C'était, en somme, un contre-chien : je vous assure que son comportement était assez inquiétant pour mettre en garde quiconque aurait conservé en bon état rien qu'un quart de cerveau. Remarquez : il ne s'était pas abruti comme l'autre, le chien-loup. Selon moi, il avait compris comme un homme, il savait que, lorsqu'on a soif, il faut boire, et qu'un chien doit manger de la viande et pas du foin, mais l'erreur, la perversion étaient plus fortes que lui. Devant moi, il faisait semblant, il s'efforçait de faire les choses qu'il faut faire, non seulement pour me faire plaisir et pour que je ne me mette pas en colère, mais aussi, je crois, parce qu'il savait, qu'il continuait de savoir ce qu'il fallait faire. Mais il mourut tout de même. Il était attiré par le bruit assourdissant des tramways, et ce fut ainsi qu'il mourut : il m'arracha brusquement sa laisse de la main et courut, tête baissée, à la rencontre du tram. Quelques jours plus tôt, je l'avais surpris en train de lécher le poêle : il était allumé, oui, presque porté au rouge. Lorsqu'il me vit, il se coucha, les oreilles basses et la queue entre les jambes, comme s'il attendait une punition.

« Avec les cobayes et avec les rats il se passait à peu près la même chose. Je ne sais pas si vous avez lu l'histoire de ces rats, en Amérique, dont les journaux ont parlé : on avait branché un stimulus électrique dans les centres cérébraux du plaisir, et eux apprenaient à les exciter, et insistaient jusqu'à en mourir. Vous pouvez me croire, il s'agissait de versamines : c'est un effet qu'on obtient avec une facilité dérisoire, et à peu de frais. En effet, je ne vous l'avais peut-être pas encore dit, ce sont des substances peu coûteuses : pas plus de quelques schillings le gramme, et un gramme suffit pour perdre un homme.

« À ce point de l'affaire, il me paraissait qu'il s'était passé assez de choses pour procéder avec circonspection, et je le lui dis aussi, à Kleber : au fond, j'étais le plus vieux et je pouvais me le permettre, même si j'étais moins instruit que lui et si j'avais vu toute l'histoire uniquement du côté des chiens. Lui me répondit que oui, naturellement, mais, après, il ne résista pas et il en parla autour de lui. Il fit même pis : il passa un contrat avec l'OPG, et commença à se droguer.

« Comme vous pouvez l'imaginer, j'ai été le premier à m'en apercevoir. Lui faisait tous ses efforts pour dissimuler la chose, mais je vis tout de suite de quoi il retournait. Savez-vous à quoi je m'en aperçus ? À deux choses : il cessa de fumer et il se grattait : excusez-moi de parler comme ça, mais il faut appeler les choses par leur nom. À la vérité, en ma présence il continuait de fumer, mais je voyais bien qu'il n'aspirait plus la fumée et qu'il ne la regardait pas quand il la renvoyait ; et puis, les mégots qu'il laissait dans son bureau étaient de plus en plus longs, on voyait qu'il allumait, tirait une bouffée comme ça, par habitude, et les jetait aussitôt. Quant à sa manie de se gratter, il le faisait seulement quand il ne se sentait pas observé, ou par distraction ; mais alors il se grattait furieusement, comme un chien, justement, comme s'il avait voulu se creuser la peau. Il insistait aux endroits où il était déjà irrité, et il eut bientôt des cicatrices aux mains et au visage. Je ne suis pas capable de vous parler du reste de son existence, parce qu'il vivait seul et qu'il ne parlait avec personne, mais je crois que ce n'est pas un hasard si, justement pendant cette période, une jeune fille qui téléphonait souvent pour le demander et l'attendait parfois devant l'Institut ne se montra plus.

« Quant à l'accord avec l'OPG, on vit tout de suite que c'était une affaire mal conçue. Je ne crois pas qu'ils lui aient donné beaucoup : ils firent un lancement commercial en sourdine, assez maladroit, en présentant la versamine DN comme un nouvel analgésique, sans même parler de l'autre aspect de l'affaire. Mais on a dû laisser filtrer quelque chose, venu d'ici, de chez nous, et puisque moi je n'en ai pas parlé, l'identité de celui qui a parlé semble évidente pour tous. Le fait est que le nouvel analgésique a été acheté massivement en un instant et que, peu de temps après, la police a trouvé ici, en ville, un club d'étudiants où, dit-on, on faisait des orgies d'un genre jamais vu auparavant. La nouvelle en a été publiée dans le *Kurier*, mais sans les détails ; moi je les connais, les détails, mais je vous les épargne, car c'est une chose digne du Moyen Âge ; il vous suffira de savoir qu'il y avait des centaines de petites enveloppes contenant des aiguilles et puis des tenailles et des réchauds pour les chauffer au rouge. La guerre venait à peine de finir, il y avait l'occupation, et on fit le silence sur tout cela, entre autres raisons aussi parce qu'on disait que la fille de T., le ministre, était impliquée dans cette sombre histoire.

– Et Kleber, qu'est-il devenu ? demanda Dessauer.

– Attendez, j'y arrive maintenant. Je voulais seulement vous raconter encore une chose, que j'ai sue justement par Hagen, celui de l'eau-de-vie, qui était alors chef de bureau au ministère des Affaires étrangères. L'OPG a revendu la licence des versamines à la marine américaine, gagnant là-dessus je ne sais combien de millions (car les choses, en ce monde, se passent ainsi), et la marine a fait l'essai d'une application militaire. En Corée, une des unités de débarquement était droguée à la versamine : on pensait que ces hommes auraient fait montre d'on ne sait quels courage et mépris du danger, mais ce fut une chose effroyable ; du mépris du danger ils en avaient à revendre, mais il paraît qu'en face de l'ennemi ils se sont comportés d'une façon abjecte et insensée, et qu'en outre ils se sont tous fait tuer.

« Vous m'interrogiez au sujet de Kleber. Il me semble que je vous en ai assez raconté pour vous faire comprendre que les années qui suivirent ne furent pas très gaies pour lui. Moi, je l'ai suivi jour après jour, et j'ai toujours essayé de le sauver, mais je ne suis jamais parvenu à parler avec lui d'homme à homme ; il m'évitait, il avait honte. Il maigrissait, se consumait comme quelqu'un qui aurait eu un cancer. On voyait qu'il s'efforçait de résister, de ne garder pour lui que le bon, cette avalanche de sensations agréables, voire délicieuses, que les versamines procuraient avec facilité, et gratis. Gratis en apparence seulement, cela va de soi, mais l'illusion doit être irrésistible. Il se forçait ainsi à manger, bien qu'il eût perdu le goût de la nourriture ; il ne pouvait plus dormir, mais il avait conservé ses habitudes d'homme méthodique. Chaque matin, il arrivait ponctuellement, à huit heures précises, et se mettait au travail, mais on lisait sur son visage les signes de la lutte qu'il devait soutenir pour ne pas se laisser trahir par le bombardement de messages faux qui lui parvenaient par tous les sens.

« Je ne peux pas vous dire s'il continuait à prendre des versamines par faiblesse, ou par obstination, ou si, au contraire, il avait cessé, et si les effets étaient devenus chroniques ; le fait est que pendant l'hiver 52, qui était très rigoureux, je le surpris ici, dans cette pièce même : il s'éventait avec un journal, et, à mon entrée, il était en train d'enlever son tricot. Il faisait aussi des fautes en parlant, il disait parfois “amer” au lieu de “doux”, “froid” pour “chaud” ; le plus souvent il se corrigeait à temps, mais son hésitation devant certains choix ne m'échappait pas à moi, ni un certain coup d'œil à la fois irrité et coupable, lorsqu'il s'apercevait que je m'en apercevais. Un coup d'œil qui me faisait mal : il me rappelait l'autre, son prédécesseur, le chien mâtiné, qui se couchait les oreilles basses quand je le surprenais à faire le contraire de ce qu'il fallait faire.

« Comment a-t-il fini ? Écoutez, si nous nous en tenons aux faits divers, il est mort dans un accident de la circulation, ici, en ville, en auto, une nuit d'hiver. Il ne s'est pas arrêté à un feu rouge : c'est ce que disait le procès-verbal de la police. J'aurais pu les aider à comprendre, à leur expliquer que pour un homme dans cet état il ne devait pas être si facile de distinguer le rouge du vert. Mais il m'a paru plus charitable de ne pas souffler mot : je vous ai raconté ces choses, à vous, parce que vous étiez amis. Je dois ajouter que, parmi tant de choses erronées, il en a fait une juste : peu de temps avant de mourir il a détruit tout le dossier des versamines, et toutes les préparations sur lesquelles il a pu mettre la main.

Arrivé là, le vieux Dybowski se tut, et Dessauer n'ajouta pas non plus une parole. Il pensait en même temps à bien des choses confuses, et se repromettait de les classer ensuite, calmement, peut-être ce soir même : il avait un rendez-vous, mais il le remettrait. Il pensait quelque chose qu'il n'avait pas pensé depuis longtemps, car il avait beaucoup souffert : qu'on ne peut pas, qu'on ne doit pas supprimer la douleur, parce qu'elle est notre gardienne. C'est souvent une gardienne stupide, parce qu'elle est inflexible, qu'elle est fidèle à la consigne avec une obstination maniaque, et qu'elle n'est jamais lasse, alors que toutes les autres sensations se lassent, s'usent, et particulièrement les sensations agréables. Mais elle, on ne peut pas la supprimer, la faire taire, parce qu'elle ne fait qu'un avec la vie, qu'elle en est la gardienne.

Il pensait aussi, et c'était contradictoire, que s'il avait eu en main le médicament, il l'aurait essayé, car, si la douleur est la gardienne de la vie, le plaisir en est le but et la récompense. Il pensait que ce n'aurait pas été si difficile de préparer un peu de 4 – 4' – diaminospirane ; il pensait que, si les versamines peuvent convertir en joie même les douleurs les plus insupportables et les plus longues : la douleur d'une absence, d'un vide autour de soi, la douleur d'un échec non réparable, la douleur de se sentir fini, eh bien alors, pourquoi pas ?

Mais, par une de ces associations dont la mémoire est généreuse, il pensait encore à une lande en Écosse, jamais vue, mais mieux que vue ; à une lande pleine de pluie, d'éclairs et de vent, et au chant allègre et méchant de trois sorcières barbues, expertes en douleurs et en plaisirs et dans l'art de corrompre la volonté humaine :

Fair is foul, and foul is fair :
Hover through the fog and filthy air.

La belle endormie dans le frigo

Conte d'hiver

Personnages :

Lotte Thörl
Peter Thörl
Maria Lutzer
Robert Lutzer
Ilse
Baldur
Patricia
Margareta

À Berlin, en 2115.

Lotte Thörl, seule.

LOTTE
… Ainsi cette année aussi est passée, nous sommes de nouveau le 19 décembre, et nous attendons des invités

pour l'habituelle petite fête. (*Des bruits de vaisselle et de meubles qu'on déplace.*) Moi, je n'aime pas particulièrement recevoir. Mon mari, autrefois, m'appelait même « la grande ourse ». Plus maintenant : il est tellement changé depuis quelques années, il est devenu quelqu'un de sérieux et d'ennuyeux. La petite ourse serait notre fille Margareta : pauvre petite ! elle n'a que quatre ans. (*Des pas, des bruits.*) Ce n'est pas que je sois une femme timide et sauvage, seulement cela m'ennuie de me trouver dans des réceptions avec plus de cinq ou six personnes. On finit par faire beaucoup de bruit, tenir des propos sans queue ni tête, et moi, j'ai la désagréable impression que personne ne s'aperçoit de ma présence : sauf quand je fais le tour de la table avec les plats.

D'ailleurs, nous les Thörl, nous ne recevons pas souvent : deux ou trois fois dans l'année, et nous acceptons rarement les invitations. C'est naturel : personne ne peut offrir à ses invités ce que nous, nous pouvons offrir. Il y a des gens qui ont de beaux tableaux anciens : Renoir, Picasso, le Caravage ; d'autres ont un ouragan conditionné, ou un chien ou un chat vivant, d'autres encore possèdent un bar roulant avec les stupéfiants les plus au goût du jour, mais nous, nous avons Patricia… (*un soupir*)… Patricia !

(*Un coup de sonnette.*) Voici les premiers. (*Elle frappe à une porte.*) Viens, Peter : ils sont arrivés.

Lotte et Peter Thörl ; Maria et Robert Lutzer. Tout le monde échange salutations et vœux.

ROBERT
Bonsoir, Lotte, bonsoir, Peter. Sale temps, non ? Depuis combien de mois ne voyons-nous pas le soleil ?

PETER
Et depuis combien de mois nous ne vous voyons pas ?

LOTTE
Oh, Maria ! tu as l'air plus jeune que jamais. Et quelle merveilleuse fourrure ! Un cadeau du seigneur et maître ?

ROBERT
Ce n'est plus une rareté. C'est du martien argenté : on dit que les Russes en ont importé une grande quantité ; on en trouve dans le secteur Est à des prix plus que raisonnables. Au marché noir, naturellement, c'est une marchandise contingentée.

PETER
Je t'admire et je t'envie, Robert. Je connais peu de Berlinois qui ne se plaignent pas de la situation,

mais je ne connais personne pour y nager avec ta désinvolture. Je suis de plus en plus convaincu que l'amour véritable, passionné, de l'argent est une qualité qui ne s'acquiert pas, mais dont on hérite avec le sang.

MARIA
Toutes ces fleurs ! Lotte, je respire un merveilleux parfum d'anniversaire. Tous mes vœux, Lotte !

LOTTE, *aux deux maris*
Maria est incorrigible. Mais consolez-vous, Robert, ce n'est pas le mariage qui l'a rendue aussi délicieusement oublieuse. Elle était déjà comme ça à l'école : nous l'appelions « l'amnésique de Cologne », et nous invitions des camarades des autres classes à assister à ses examens. (*Avec une sévérité comique* :) Madame Lutze, je vous rappelle à l'ordre. Est-ce ainsi que vous préparez les leçons d'histoire ? Aujourd'hui, ce n'est pas mon anniversaire : aujourd'hui, c'est le 19 décembre, c'est l'anniversaire de Patricia.

MARIA
Oh ! excuse-moi, ma chérie. J'ai vraiment une mémoire de poule. Alors, ce soir, c'est la décongélation ? C'est merveilleux !

PETER

Bien sûr, comme chaque année. Nous n'attendons plus qu'Ilse et Baldur. (*Un coup de sonnette.*) Les voici : en retard, comme d'habitude.

LOTTE

Peter, un peu de compréhension ! As-tu jamais vu un couple de fiancés arriver à l'heure ?

Ilse et Baldur entrent. Salutations et vœux comme plus haut.

Lotte et Peter ; Maria et Robert ; Ilse et Baldur.

PETER

Bonsoir, Ilse, bonsoir, Baldur. Ceux qui vous voient ont de la chance : vous êtes si follement amoureux l'un de l'autre que les vieux amis n'existent plus pour vous.

BALDUR

Il faut nous pardonner. Nous sommes perdus dans la paperasserie : mon doctorat, et les papiers pour l'état civil, et le laissez-passer pour Ilse, et l'accord du parti ; le visa du bourgmestre est déjà arrivé, mais nous attendons encore celui de Washington et celui de Moscou, et surtout celui de Pékin, c'est le plus difficile à obtenir. C'est à en perdre la tête. Il y a des siècles que nous ne voyons âme qui vive : nous sommes abrutis, nous avons honte de montrer nos têtes en ville.

ILSE
Il est tard, n'est-ce pas ? Nous sommes vraiment deux malappris. Mais pourquoi n'avez-vous pas commencé sans nous ?

PETER
Nous ne nous le serions jamais permis. Le moment du réveil est le plus intéressant : elle est si charmante quand elle ouvre les yeux !

ROBERT
Allons, Peter, il vaudrait mieux commencer, sinon nous allons finir au petit jour. Va donc prendre ton livret : que cela ne t'arrive pas comme cette fois, la première fois, il me semble (combien d'années ont passé ?), quand tu as fait une fausse manœuvre : il s'en était fallu de peu qu'il n'arrive un malheur.

PETER, *vexé*
Le livret, je l'ai dans ma poche, mais je le sais maintenant par cœur. Est-ce que nous nous déplaçons ? (*Bruit de chaises qu'on change de place et de pas ; commentaires, murmure d'impatience.*) *Premièrement* : interrompre le circuit de l'azote et celui du gaz inerte.

(*Il exécute l'instruction : léger grincement, souffle d'air atténué, deux fois.*) *Deuxièmement* : mettre en action la pompe, le stérilisateur et le microfiltre. (*Bruit de la pompe, comme celui d'une motocyclette éloignée ; quelques secondes s'écoulent.*) *Troisièmement* : ouvrir le circuit de l'oxygène (*on entend un sifflement de plus en plus aigu*) et dévisser lentement la valve jusqu'à ce que l'aiguille atteigne la graduation 21 %...

ROBERT, *l'interrompant*
Non, Peter : pas 21 % : 24 %, le livret dit 24 %. Moi, à ta place, je porterais des lunettes. Ne le prends pas mal, après tout nous avons le même âge, mais je porterais des lunettes, au moins dans certaines occasions.

PETER, *d'un ton maussade*
Oui, tu as raison, 24 %. Mais c'est pareil, 21 ou 24 : j'ai déjà vu cela d'autres fois. *Quatrièmement* : déplacer graduellement le thermostat, en élevant la température à la vitesse de deux degrés environ par minute. (*On entend le battement d'un métronome.*) Silence, à présent, je vous prie. Ou, au moins, ne parlez pas trop haut.

ILSE, *à voix basse*
Est-ce qu'elle souffre pendant la décongélation ?

PETER, *comme plus haut*
Non, normalement non. Mais justement, il faut faire les choses bien, suivre exactement les prescriptions. Pendant le séjour dans le frigo aussi, il est indispensable que la température soit maintenue constante dans une marge très étroite.

ROBERT
Bien sûr : quelques degrés plus bas suffisent, et adieu, j'ai lu que je ne sais quoi se coagule dans les centres nerveux, alors ils ne se réveillent plus, ou s'ils se réveillent, ils sont idiots et amnésiques ; quelques degrés au-dessus et ils reprennent conscience, alors ils souffrent terriblement. Pensez à cette chose affreuse, mademoiselle, se sentir entièrement congelé, les mains, les pieds, le sang, le cœur, le cerveau, et ne pas pouvoir remuer un doigt, ne pas pouvoir battre des paupières, ne pas pouvoir émettre un son pour demander du secours !

ILSE
Épouvantable. Il faut pour cela un fier courage et une grande confiance. Je veux dire : confiance dans les thermostats. Moi, en ce qui me concerne, je raffole des sports d'hiver, mais pour être franche, je n'échangerais pas mon sort avec Patricia pour tout l'or du monde. On m'a raconté qu'elle aussi serait déjà morte

si, à son époque, quand toute l'affaire a commencé, on ne lui avait pas fait des injections de... comment... d'antigel. Oui, oui, ce qu'on met en hiver dans les radiateurs des voitures. D'ailleurs, c'est logique : sinon, le sang gèlerait. Ce n'est pas vrai, monsieur Thörl ?

PETER, *évasivement*
On raconte tant de choses...

ILSE, *pensive*
Cela ne m'étonne pas qu'il y ait eu si peu de gens à s'y prêter. En vérité, cela ne m'étonne pas. Elle est très belle, m'a-t-on dit : c'est vrai ?

ROBERT
Une merveille. L'an dernier, je l'ai vue de près : une carnation comme on n'en voit plus aujourd'hui. On voit bien que, malgré tout, le régime alimentaire du XXe siècle, encore naturel pour une bonne part, devait contenir un principe vital qui nous échappe toujours. Non pas que je me méfie des chimistes, au contraire je les estime et je les respecte. Mais, voilà, je pense qu'ils sont un peu... je dirais... présomptueux, oui, présomptueux. À mon avis, il doit encore y avoir quelque chose, même de secondaire, à découvrir.

LOTTE, *à contrecœur*

Oui, elle est gracieuse, sûrement. Du reste, c'est la beauté de l'âge. Elle a une peau de nouveau-née : mais, pour moi, c'est l'effet de la supercongélation. Elle n'a pas un coloris naturel, elle est trop rose et trop blanche, elle a l'air de… oui, elle a l'air d'un sorbet, pardonnez-moi la comparaison. Ses cheveux aussi, elle les a trop blonds. S'il faut dire la vérité, à moi elle me fait l'impression d'être un peu anémiée, *faisandée*[1]… mais elle est belle, personne ne dit le contraire. Elle est aussi très cultivée, très bien élevée, très intelligente, très audacieuse, elle est superlative de tous les côtés ; moi elle me fait peur, elle me met mal à l'aise et me donne des complexes. (*Elle s'est laissé emporter ; embarrassée, elle se tait, faisant un effort sur soi.*) Mais, malgré tout, je l'aime beaucoup. En particulier lorsqu'elle est congelée.

Un silence. Le métronome continue de battre.

ILSE, *à voix basse*

On peut regarder par l'espion du frigo ?

1. En français dans le texte.

PETER, *même jeu*
Certainement, mais ne faites pas de bruit. Nous sommes déjà à 10 au-dessous de zéro, et une émotion imprévue pourrait lui être néfaste.

ILSE, *même jeu*
Ah ! elle est ravissante. On la dirait artificielle… Et elle est… comment dire : elle est vraiment de l'époque ?

BALDUR, *à part, à Ilse*
Ne pose pas de questions stupides !

ILSE, *à part, à Baldur*
Mais ce n'est pas une question stupide. Je voulais savoir quel âge elle a : elle paraît tellement jeune, et on dit pourtant qu'elle est… très vieille.

PETER, *qui a entendu*
C'est vite expliqué, mademoiselle. Patricia a cent soixante-trois ans, dont vingt-trois d'une vie normale, et cent quarante d'hibernation. Mais excusez-moi, Ilse et Baldur, je croyais que vous connaissiez déjà cette histoire. Vous aussi, Maria et Robert, excusez-moi si je répète des choses que vous savez déjà : je vais essayer de mettre rapidement au courant ces chers jeunes gens. Il vous faut donc savoir que la technique de l'hibernation fut mise au point vers le milieu du XXe siècle,

essentiellement à des fins clinique et chirurgicale. Mais c'est seulement en 1970 qu'on parvint à des congélations vraiment inoffensives et indolores, et donc propres à conserver longtemps les organismes supérieurs. Un rêve devenait ainsi une réalité : il apparaissait possible d'« expédier » un homme dans le futur. Mais à quelle distance dans le futur ? Existait-il des limites ? Et à quel prix ?
Afin, justement, d'instituer un contrôle à l'usage des descendants, ceux que nous, nous serons plus tard, on ouvrit un concours en 1975, ici, à Berlin, pour recruter des volontaires.

BALDUR
Et Patricia est l'un d'eux ?

PETER
Précisément. D'après son livret personnel, qui se trouve dans le frigo avec elle, elle fut même classée première. Elle satisfaisait à toutes les exigences : le cœur, les poumons, les reins, etc., dans un état parfait ; un système nerveux de navigateur spatial ; un caractère imperturbable et résolu, une émotivité limitée et enfin une intelligence et une culture de bonne qualité. Non pas que la culture et l'intelligence soient indispensables pour supporter l'hibernation, mais, à égalité de conditions, on donna la préférence à des sujets d'un

haut niveau intellectuel, pour des raisons de prestige évidentes à nos yeux et à ceux de nos successeurs.

BALDUR
Patricia a donc dormi de 1975 jusqu'à aujourd'hui ?

PETER
Oui, avec de brèves interruptions. Le programme fut fixé en accord avec elle par la commission dont le président était Hugo Thörl, mon illustre aïeul…

ILSE
C'est le célèbre Thörl, celui qu'on étudie en classe ?

PETER
Exactement, mademoiselle, celui qui a découvert le quatrième principe de la thermodynamique. Donc, le programme prévoyait un réveil de quelques heures, tous les ans, le 19 décembre, jour de son anniversaire.

ILSE
Quelle charmante pensée !

PETER
… D'autres réveils à intervalles irréguliers dans des occasions d'un intérêt particulier telles que d'importantes expéditions planétaires, des crimes et des procès

célèbres, des mariages de souverains ou de vedettes de l'écran, des rencontres internationales de base-ball, des catastrophes telluriques et autres : bref, tout ce qui mérite d'être vu et transmis au futur éloigné. En outre, naturellement, chaque fois qu'il y a une panne de courant… et deux fois par an pour les contrôles médicaux. D'après le livret, il apparaît que la somme des intervalles de veille, de 1975 à aujourd'hui, a été de trois cents jours environ.

BALDUR

… Et, excusez ma question, comment se fait-il que Patricia soit votre hôte ? L'est-elle depuis longtemps ?

PETER, *embarrassé*

Patricia est… Patricia fait partie, pour ainsi dire, du patrimoine héréditaire de notre famille. C'est une longue histoire, et pour une part obscure. Vous savez, ce sont des choses d'une autre époque, un siècle et demi s'est écoulé… On peut considérer comme un miracle qu'avec toutes les émeutes, les blocus, les occupations, les répressions et les pillages qui ont passé sur Berlin, Patricia ait pu être transmise de père en fils, sans être dérangée et sans jamais quitter notre maison. D'une certaine façon, elle représente la continuité de la famille : c'est… c'est un symbole, voilà.

BALDUR
… Mais de quelle façon…

PETER
… De quelle façon Patricia a-t-elle commencé à faire partie de notre famille ? Eh bien, si étonnant que cela puisse vous paraître, on n'a rien trouvé d'écrit sur ce point, et il ne survit qu'une tradition orale que Patricia refuse soit de confirmer, soit de démentir. Il semble qu'aux débuts de l'expérience, Patricia était logée à l'université et, plus précisément, dans la chambre frigorifique de l'Institut d'anatomie, et qu'en l'an 2000 environ, elle ait eu une querelle violente avec le corps académique. On raconte que, justement, cette situation ne lui agréait pas, car elle était privée d'intimité, et était ennuyée de rester coude à coude avec les cadavres destinés à la dissection. On dit qu'à un de ses réveils, elle aurait déclaré formellement qu'elle voulait qu'on la case dans un frigo privé, sans quoi elle saisirait la justice, et que mon aïeul, celui que j'ai nommé déjà, en ce temps doyen de la faculté, afin de régler la question se serait généreusement offert à lui donner l'hospitalité.

ILSE
Quelle étrange femme ! Mais, pardonnez-moi, elle n'en a pas encore assez ? Qui la force ? Cela ne doit pas

être tellement amusant de rester en léthargie toute l'année, de ne se réveiller que pour un ou deux jours, et pas quand on le veut, mais quand quelqu'un d'autre le veut. Moi, je m'ennuierais mortellement.

PETER

Vous êtes dans l'erreur, Ilse. Au contraire, il n'y a jamais eu d'existence plus intense que celle de Patricia. Sa vie est concentrée : elle ne contient que l'essentiel, elle ne contient rien qui ne mérite d'être vécu. Quant au temps passé dans le frigo, il passe pour nous, pas pour elle. Il ne laisse pas de traces en elle, ni dans sa mémoire ni dans ses tissus. Elle ne vieillit pas ; elle vieillit seulement pendant les heures de veille. Depuis son premier anniversaire dans le frigo qui a été son vingt-quatrième jusqu'à aujourd'hui, en cent quarante ans, elle a vieilli d'à peine une année. Depuis l'an passé jusqu'à aujourd'hui, pour elle une petite trentaine d'heures ont passé.

BALDUR

Trois ou quatre pour l'anniversaire, et ensuite ?

PETER

Et ensuite, voyons… (*il calcule mentalement*)… six ou sept autres pour le dentiste, pour l'essayage d'une robe, pour aller avec Lotte s'acheter une paire de chaussures…

ILSE
C'est vrai : il faut bien qu'elle se tienne au courant de la mode.

PETER
… et nous arrivons à dix. Six heures pour la première de *Tristan* à l'Opéra, et nous arrivons à seize. Six autres pour deux visites de médecine générale…

ILSE
Comment, elle a été malade ? Cela se comprend, les sautes de température ne font de bien à personne. On a beau dire qu'on s'y habitue !

PETER
Non, non, elle se porte très bien. Ce sont les physiologistes du Centre d'études : aussi réguliers que les percepteurs, deux fois par an, ils font une descente ici avec tous leurs instruments, ils la décongèlent, la tournent et retournent de tous les côtés, radioscopies, tests psychologiques, électrocardiogrammes, analyses de sang… puis ils s'en vont, et le tour est joué ! Secret professionnel : pas un mot ne filtre au-dehors.

BALDUR
Alors, ce n'est pas par intérêt professionnel que vous la gardez chez vous ?

PETER, *embarrassé*
Non, pas uniquement. Vous savez, moi je m'occupe de choses complètement différentes... Je ne suis pas fait pour le milieu universitaire ; le fait est que nous nous sommes pris d'affection pour Patricia. Et elle s'est prise d'affection pour nous : comme notre fille. Elle ne nous quitterait à aucun prix.

BALDUR
Mais alors, pourquoi les intervalles de veille sont-ils si rares et si brefs ?

PETER
Une chose est claire : Patricia se propose d'arriver en pleine jeunesse le plus loin possible dans les siècles, il lui faut donc s'économiser. Mais vous allez pouvoir entendre ces choses de sa propre bouche et d'autres encore : ah ! nous sommes arrivés à 35°, elle est en train d'ouvrir les yeux. Vite, ma chérie, ouvre le hublot et coupe l'enveloppe, elle a commencé à respirer.

Détente et grincement du couvercle qui s'ouvre ; bruit de ciseaux ou de coupe-papier.

BALDUR
Quelle enveloppe ?

PETER
Une enveloppe en polyéthylène, hermétique, étroitement adhérente. Elle sert à réduire les pertes par évaporation.

Le métronome, que, comme un bruit de fond, on a entendu pendant tous les silences, bat de plus en plus fort puis s'arrête soudainement. Une petite sonnerie sonne trois fois, très distinctement. Silence complet pendant quelques secondes.

MARGARETA, *de l'autre chambre*
Maman ! Est-ce que tante Patricia s'est déjà réveillée ? Qu'est-ce qu'elle m'a apporté cette année ?

LOTTE
Que veux-tu qu'elle t'ait apporté ! Le petit cube de glace, comme d'habitude ! Et puis, c'est son anniversaire, pas le tien. Sois gentille, maintenant. Dors, il est tard.

Un nouveau silence. On entend un soupir, un bâillement à se décrocher la mâchoire, un éternuement. Puis, sans transition, Patricia commence à parler.

PATRICIA, *d'une voix affectée, traînante, nasale*
Bonsoir. Bonjour. Quelle heure est-il ? Que de monde ! Quel jour est-on aujourd'hui ? Quelle année ?

PETER
Le 19 décembre de l'année 2115. Tu ne te souviens pas ? C'est le jour de ton anniversaire. Tous nos vœux, Patricia !

TOUS
Nos meilleurs vœux, Patricia !

Tous parlent à la fois. On entend des fragments de phrases :

– Comme elle est gracieuse !
– Pardonnez-moi, mademoiselle, j'aimerais vous poser quelques questions…
– Plus tard, plus tard ! Elle doit être tellement fatiguée !
– Rêvez-vous, quand vous êtes dans le frigo ? Quels rêves faites-vous ?
– Je voudrais lui demander son avis sur…

ILSE
Qui sait si elle aura connu Napoléon et Hitler ?

BALDUR
Mais non, que racontes-tu, c'était deux siècles avant !

LOTTE, *les interrompant avec décision*
Vous permettez, s'il vous plaît. Laissez-moi passer, il faut bien que quelqu'un pense aux choses pratiques. Patricia aura peut-être besoin de quelque chose. (*À Patricia* :) Une tasse de thé chaud ? Mais tu as peut-être envie de quelque chose de plus nourrissant ? Un petit bifteck ? As-tu besoin de te changer, de te rafraîchir un peu ?

PATRICIA
Du thé, merci. Comme tu es gentille, Lotte ! Non, je n'ai pas besoin d'autre chose, pour le moment ; tu sais bien que la décongélation me laisse toujours l'estomac un peu chaviré, pour le bifteck nous verrons plus tard. Mais un petit, tu sais. Oh, Peter ! comment vas-tu ? Comment va ta sciatique ? Quelles sont les nouvelles ? La conférence au sommet est-elle finie ? Est-ce qu'il a commencé à faire froid ? Oh, moi je déteste l'hiver, je suis tellement sujette aux refroidissements… Et toi, Lotte ? je te vois en excellente santé, même un peu engraissée, peut-être…

MARIA
… Eh oui, les années passent pour tous…

BALDUR
Elles passent pour *presque* tous… Peter, permettez-moi, j'ai tellement entendu parler de Patricia, j'ai tellement attendu cette rencontre que je voudrais maintenant… (*À Patricia :*) Mademoiselle, pardonnez mon audace, mais je sais que votre temps est mesuré, j'aimerais que vous me décriviez notre monde vu avec vos yeux, que vous me parliez de votre passé, de votre siècle auquel nous devons tant, de vos intentions pour l'avenir, que…

PATRICIA, *d'un ton suffisant*
Vous savez, il n'y a rien d'extraordinaire, on s'y habitue aussitôt. Regardez maintenant, par exemple, M. Thörl, la cinquantaine (*avec malignité* :), les cheveux en fuite, un soupçon de ventre, quelques petites douleurs de temps à autre ? Eh bien, il y a deux mois, pour moi il avait vingt ans, il écrivait des poésies, et il était sur le point de s'engager chez les uhlans. Il y a trois mois, il avait dix ans et m'appelait tante Patricia, il pleurait lorsqu'on me mettait en congélation, et il voulait venir avec moi dans le frigo. Ce n'est pas vrai, mon chéri ? Oh, toutes mes excuses.
Et il y a cinq mois, non seulement il n'était pas né, mais il n'était même pas, et de loin, programmé ; il y avait son père, le colonel, mais je parle du temps où il n'était encore que lieutenant, il était dans la IVe Légion

des mercenaires, et à chaque décongélation, il avait un ruban de plus et quelques cheveux de moins. Il me faisait la cour, de cette façon comique qui était alors en usage : pendant huit décongélations, il me fit la cour... On dirait que les Thörl ont la chose dans le sang, et en cela, je peux bien le dire, ils se ressemblent tous. Ils n'ont pas... comment dire, ils n'ont pas une idée très sérieuse du rapport entre le tuteur et la personne dont il a la garde... (*la voix de Patricia continue en fondu*)... pensez que même le premier de la lignée, le patriarche en personne...

Lui succédant, on entend, nette et proche, la voix de Lotte qui s'adresse au public.

LOTTE

Vous avez entendu ? Eh bien, elle est faite comme ça, cette fille. Elle n'a pas... elle n'a pas de pudeur. C'est vrai que j'ai engraissé : je ne reste pas dans le frigo, moi. Elle : non, elle n'engraisse pas, elle est éternelle, incorruptible, comme l'amiante, comme le diamant, comme l'or. Mais les hommes lui plaisent, et particulièrement les maris des autres. C'est une mijaurée éternelle, une coquette incorruptible. J'en appelle à vous, messieurs, n'ai-je pas raison de ne pas pouvoir la supporter ? (*Un soupir.*)... Et elle plaît aux hommes, à son âge vénérable, c'est ça le pire. Vous savez bien comment sont les hommes, Thörl ou pas, et les intellectuels plus que les autres : deux soupirs, deux coups d'œil lancés d'une certaine façon, deux souvenirs d'enfance, et le piège se referme. Et puis, à la longue, c'est elle qui se retrouve dans le pétrin, naturellement, car, deux ou trois mois plus tard, elle se trouve avoir dans les jambes des soupirants un peu mûrs... Non, n'allez pas croire que je sois si aveugle ou si sotte : moi aussi je me suis aperçue que, cette fois, elle a changé de ton avec mon mari, elle est devenue mordante, péremptoire. Cela se comprend : il y a un autre homme à l'horizon. Mais vous, vous n'avez pas assisté aux autres réveils. Il y avait de quoi l'écorcher vive ! Oui, mais je ne suis jamais arrivée à avoir des preuves, à les prendre sur le fait, mais êtes-vous vraiment certains, vous, qu'entre le « tuteur » et la jeune personne tout se soit toujours passé à la lumière du soleil ? Autrement dit (*avec force* :), que toutes les décongélations aient été régulièrement enregistrées sur le livret personnel ? Moi non. Moi, je n'en suis pas sûre. (*Un silence. Une conversation confuse en bruit de fond.*) Mais, cette fois, il y a du nouveau, vous aussi l'aurez remarqué. C'est simple : il y a un autre homme à l'horizon, un homme plus jeune. Elle aime la chair fraîche, la jouvencelle ! Écoutez-la : est-ce que ce n'est pas quelqu'un qui sait ce qu'il veut ? (*Des voix.*) Oh, je ne croyais pas que c'en était déjà à ce point.

Sur les voix de fond ressortent celles de Baldur et de Patricia.

BALDUR

… une impression comme je n'en ai jamais éprouvé. Je n'aurais jamais cru possible de trouver réunis en une seule personne le charme de l'éternité et celui de la jeunesse. Je me sens devant vous comme devant les Pyramides, et pourtant vous êtes si jeune et si belle !

PATRICIA

Oui, monsieur… vous vous appelez Baldur, n'est-ce pas ? Oui, Baldur. Mais on m'a fait trois dons, pas deux. L'éternité, la jeunesse et la solitude. Et cette dernière est le prix que paient ceux qui osent ce que j'ai osé.

BALDUR

Mais quelle merveilleuse expérience ! Passer en volant là où les autres rampent, pouvoir comparer personnellement les habitudes, les événements, les héros à la distance de décennies, de siècles ! Quel historien n'éprouverait pas de l'envie ? Et moi, moi qui faisais profession d'aimer l'histoire ! (*Avec un élan soudain* :) Laissez-moi lire votre journal intime.

PATRICIA
Comment savez-vous… je veux dire, qu'est-ce qui vous fait penser que je tiens un journal ?

BALDUR
Donc, vous le tenez ! J'ai deviné juste !

PATRICIA
Oui, j'en tiens un. Cela fait partie du programme, mais personne ne le sait, même pas Thörl. Et personne ne peut le lire : il est chiffré, cela aussi fait partie du programme.

BALDUR
Si personne ne peut le lire, à quoi sert-il ?

PATRICIA
Il me sert à moi. Il me servira après.

BALDUR
Après quoi ?

PATRICIA
Après. Quand je serai arrivée. Alors, j'ai l'intention de le publier : je pense que je n'aurai pas de difficulté à trouver un éditeur, parce que c'est un journal intime, un genre qui marche toujours. (*D'une voix rêveuse :*)

Vous savez, j'ai l'intention de me consacrer au journalisme. Et de publier les journaux intimes de tous les puissants du monde de mon temps : Churchill, Staline, etc. De quoi faire un tas d'argent.

BALDUR

Mais comment êtes-vous en possession de ces journaux ?

PATRICIA

Je ne les possède pas du tout. C'est moi qui les écrirai. D'après des événements authentiques, naturellement.

Un silence.

BALDUR

Patricia ! (*Un autre silence.*) Emmenez-moi avec vous.

PATRICIA, *elle réfléchit, puis, sur un ton très froid*

Cela ne serait pas une mauvaise idée, du moins en théorie. Mais il ne faut pas croire qu'il suffit d'entrer dans le frigo : il faut se faire faire les injections, suivre le stage d'entraînement... Ce n'est pas si simple. Et puis tout le monde n'a pas le physique qu'il faut... Bien sûr, ce serait charmant d'avoir un compagnon de voyage comme vous, si vif, si passionné, d'un tempérament si généreux... Mais n'êtes-vous pas fiancé ?

BALDUR
Fiancé ? Je l'étais.

PATRICIA
Depuis quand ne l'êtes-vous plus ?

BALDUR
Depuis une demi-heure : maintenant que je vous ai rencontrée, tout a changé.

PATRICIA
Vous êtes un flatteur, un homme dangereux. (*La voix de Patricia change brusquement, elle n'est plus plaintive et langoureuse, mais nette, énergique, péremptoire.*) En tout cas, si les choses sont telles que vous me les dites, il pourrait en sortir une combinaison intéressante.

BALDUR
Patricia ! Pourquoi tarder ? Partons : fuyez avec moi. Pas dans le futur : dans l'aujourd'hui.

PATRICIA, *sur un ton froid*
Justement, j'étais moi aussi en train d'y penser. Mais quand ?

BALDUR

Maintenant, tout de suite. Nous traversons la salle et adieu !

PATRICIA

Absurde. Nous les aurions aussitôt tous aux trousses, lui en tête. Regardez-le : ses soupçons sont déjà en éveil.

BALDUR

Quand, alors ?

PATRICIA

Cette nuit. Suivez-moi bien. À minuit, ils partent tous, et eux me recongèlent et me remettent dans la naphtaline. C'est une opération qui va plus vite que le réveil, un peu comme les scaphandriers, vous savez, la remontée doit se faire doucement, mais l'immersion peut être rapide. Ils me fourrent dans le frigo et branchent le compresseur sans grande cérémonie ; mais, pendant les premières heures, je reste assez molle et je retourne facilement à la vie active.

BALDUR

Et alors ?

PATRICIA
Alors, c'est très simple. Vous partez avec les autres, vous raccompagnez chez elle votre… bref, cette jeune fille, puis vous revenez ici ; vous vous introduisez dans le jardin, vous entrez par la fenêtre de la cuisine…

BALDUR
… et la chose est faite ! Encore deux heures, deux heures et le monde est à nous ! Mais dites-moi, Patricia, vous n'aurez pas de regrets ? Vous ne vous repentirez pas d'avoir interrompu pour moi votre course vers les siècles futurs ?

PATRICIA
Écoutez, jeune homme, nous aurons largement le temps de parler de ces belles choses si le coup réussit. Mais il faut d'abord qu'il réussisse. Ah ! ils sont en train de partir. Retournez à votre place, prenez poliment congé et essayez de ne pas faire de bêtises. Vous savez, cela me contrarierait beaucoup de rater l'occasion.

Voix des invités qui s'en vont, bruit de chaises déplacées. Bouts de phrases :

– À l'année prochaine !
– Bonne nuit, façon de dire…
– Partons, Robert, je ne croyais pas qu'il était si tard.

– Baldur, partons, tu as l'honneur de me raccompagner.

Un silence. Puis la voix de Lotte, s'adressant au public.

LOTTE
Et ils partirent tous. Peter et moi restâmes seuls, avec Patricia, une chose qui n'est jamais agréable pour aucun de nous trois. Je ne dis pas cela à cause de l'antipathie que je vous ai décrite il y a un moment, d'une façon peut-être un peu impulsive, non : c'est une situation objectivement déplaisante, froide, fausse, pleine de gêne pour nous tous. Nous parlons de choses et d'autres, puis nous nous disons au revoir, et Peter remet Patricia dans le frigo.

Les mêmes bruits que ceux de la décongélation, mais dans l'ordre inverse et accélérés. Un soupir, un bâillement. Fermeture Éclair de l'enveloppe. Le métronome se met en marche, puis la pompe, les sifflements, etc. Le métronome reste en marche, son rythme se fond graduellement avec celui, plus lent, d'une pendule. Une heure, une heure et demie, deux heures sonnent. On entend le bruit d'une auto qui se rapproche, s'arrête, la portière qui claque. Au loin, un chien aboie. Des pas sur le gravier. Une fenêtre s'ouvre. Des pas sur le parquet qui craque de plus en plus près. On ouvre la porte du frigorifique.

BALDUR, *à voix basse*
Patricia, c'est moi !

PATRICIA, *d'une voix indistincte et étouffée*
Lnvlop, lnvlop !

BALDUR
Comment ?

PATRICIA, *un peu plus distinctement*
L'enveloppe, il faut couper l'enveloppe !

Bruit de l'enveloppe qu'on coupe.

BALDUR
C'est fait. Et maintenant, que dois-je faire ? Il faut me pardonner, vous savez : je n'ai pas l'habitude, c'est la première fois que cela m'arrive…

PATRICIA
Oh ! le plus fort est fait, à présent je m'en tire toute seule. Aidez-moi seulement à sortir de là-dedans.

Des pas. « Doucement », « Chut », « Par ici ». La fenêtre. Des pas sur le gravier. La portière de l'auto. Baldur met le moteur en marche.

BALDUR
Nous en sommes sortis, Patricia. Sortis du gel, sortis du cauchemar. Je crois rêver : depuis deux heures je vis dans un rêve. J'ai peur de me réveiller.

PATRICIA, *froidement*
Vous avez raccompagné votre fiancée chez elle ?

BALDUR
Qui ? Ilse ? Oui, je l'ai raccompagnée. J'ai pris congé d'elle.

PATRICIA
Que dites-vous : vous avez pris congé ? Définitivement ?

BALDUR
Oui, et ça n'a pas été aussi difficile que je le craignais, une petite scène seulement. Elle n'a même pas pleuré.

Un silence, l'auto a démarré.

PATRICIA
Ne me jugez pas mal, jeune homme. Je crois que le moment d'une explication est arrivé.

Comprenez-moi : il fallait bien que j'en sorte d'une façon quelconque.

BALDUR
Et il s'agissait seulement de cela ? D'en sortir ?

PATRICIA
Oui, seulement de cela. De sortir du frigo et de sortir de chez les Thörl. Baldur, je sens que je vous dois une confession.

BALDUR
Une confession, c'est peu.

PATRICIA
Je ne peux pas vous donner autre chose ; et ce n'est même pas une belle confession. Je suis vraiment fatiguée : gel et dégel, gel et dégel, à la longue c'est épuisant. Et puis il y a autre chose.

BALDUR
Autre chose ?

PATRICIA
Oui, il y a autre chose. Ses visites à lui, la nuit. À 33°, à peine tiède, je n'avais aucun moyen de me

défendre. Et comme je ne disais rien, forcément ! lui qui s'imaginait…

BALDUR
Ma pauvre chérie, comme vous devez avoir souffert !

PATRICIA
Une véritable corvée, vous n'en avez pas idée. Un ennui inexprimable.

Bruit de l'auto qui s'éloigne.

LOTTE
… Ainsi finit cette histoire. Moi, j'avais compris quelque chose et, cette nuit-là, j'avais aussi entendu de curieux bruits. Mais je suis restée silencieuse : pourquoi aurais-je dû donner l'alerte ?
Il me semble que cela vaut mieux ainsi pour tout le monde. Baldur, le pauvret, m'a tout raconté ; il paraît que Patricia, par-dessus le marché, lui a même demandé de l'argent, pour aller je ne sais où retrouver un de ses contemporains qui se trouve en Amérique, lui aussi dans le frigo, naturellement. Lui, Baldur, qu'il se réconcilie ou non avec Ilse, cela n'a guère d'importance pour personne, même pas pour Ilse. Le frigo, nous l'avons vendu. Quant à Peter, nous verrons.

Cérium

Que le chimiste que je suis, occupé à écrire ici mes histoires de chimiste, ait vécu une période différente, a été raconté ailleurs.

À trente ans de distance, j'ai de la difficulté à reconstruire la sorte d'exemplaire humain qui pouvait correspondre, en novembre 1944, à mon nom ou, plutôt, à mon matricule : le 174517. Je devais avoir surmonté la crise la plus dure, celle de l'insertion dans l'ordre du *Lager*, et il fallait qu'une étrange callosité se fût formée sur moi puisque alors, je parvenais non seulement à survivre, mais aussi à penser, à enregistrer le monde qui m'entourait, et même à exécuter un travail assez délicat, dans un milieu infecté par la présence quotidienne de la mort et qu'en même temps l'approche des Russes libérateurs, arrivés déjà à quatre-vingts kilomètres de nous, rendait frénétique. Le désespoir et l'espérance alternaient à un rythme qui aurait brisé en une heure tout individu normal.

Nous, nous n'étions pas normaux parce que nous avions faim. Cette faim n'avait rien de commun avec la sensation bien connue (et pas entièrement désagréable) de celui qui a sauté un repas, assuré qu'il ne manquera pas le suivant : c'était un besoin, un manque, un *yearning* – notre compagnon depuis maintenant une année, qui avait enfoncé en nous des racines profondes et permanentes, habitait dans toutes nos cellules et conditionnait notre comportement. Manger, se procurer à manger, était le stimulus numéro un derrière lequel, à très longue distance, venaient tous les autres problèmes de survie et, plus loin encore, les souvenirs de la maison familiale et la peur même de la mort.

J'étais chimiste dans un établissement chimique, dans un laboratoire de chimie (cela aussi a été raconté), et je volais pour manger. Si l'on ne commence pas tout enfant, ce n'est pas un apprentissage facile ; il m'avait fallu plusieurs mois pour réprimer les commandements de la morale et acquérir les techniques indispensables, et je m'étais aperçu à un certain moment (avec un éclair d'hilarité et un tantinet d'ambition satisfaite) que j'étais en train de revivre, moi petit docteur comme il faut, l'involution-évolution d'un célèbre chien comme il faut, un chien victorien et darwinien qui est déporté et devient voleur pour vivre dans son « *Lager* » du Klondike – le grand Buck de *L'Appel de la forêt*. Je volais comme lui et comme les renards : à toute occasion favorable, mais avec une ruse sournoise et sans m'exposer. Je volais tout, sauf le pain de mes compagnons.

En fait de substances dont le vol pourrait être d'un bon profit, ce laboratoire était une terre vierge, à explorer entièrement. Il y avait de l'essence et de l'alcool, butin facile et encombrant. Ils étaient nombreux à en voler, en divers endroits du chantier – l'offre était élevée, élevé aussi le risque, parce que, pour les liquides, il faut des récipients. C'est le grand problème de l'emballage que connaît tout chimiste d'expérience, et le Père Éternel le connaissait bien aussi, Lui qui, pour Sa part, l'a résolu brillamment avec les membranes cellulaires, la coquille de l'œuf, l'écorce multiple des oranges, et notre peau, car nous aussi, finalement, nous sommes des liquides. Or, à cette époque, le polyéthylène n'existait pas, qui aurait été bien commode, parce qu'il est flexible, léger et merveilleusement imperméable – mais il est aussi un peu trop incorruptible et ce n'est pas pour rien que le Père Éternel Lui-même, cependant maître en polymérisation, s'est abstenu de le breveter : Il n'aime pas les choses incorruptibles.

Faute d'emballages et de conditionnements appropriés, le larcin idéal aurait donc dû être solide, non périssable, non encombrant, et surtout nouveau. Il devait avoir une valeur unitaire élevée, c'est-à-dire ne pas être volumineux car nous étions fréquemment fouillés à l'entrée du camp, au retour du travail ; enfin, il devait être utile ou désiré par l'une au moins des catégories sociales qui composaient l'univers complexe du *Lager*.

J'avais fait diverses tentatives au laboratoire. J'avais volé quelques centaines de grammes d'acides gras, obtenus laborieusement par oxydation de la paraffine, par l'un de mes collègues inconnus de l'autre côté de la barrière. J'en avais mangé une moitié, et ils apaisaient vraiment la faim, mais ils avaient une saveur si désagréable que je renonçai à vendre le reste. J'avais essayé de faire des beignets avec du coton hydrophile appliqué sur la plaque d'un réchaud électrique ; ils avaient une vague saveur de sucre brûlé mais se présentaient si mal que je ne les jugeai pas commercialisables ; quant à vendre directement le coton à l'infirmerie du camp, j'essayai une fois, mais c'était encombrant et trop peu coté. J'avais tenté aussi d'ingérer et de digérer la glycérine, me fondant sur le raisonnement simpliste que cette substance étant un produit de la séparation des gaz gras, elle devait bien être métabolisée d'une façon ou d'une autre et fournir des calories – et elle en fournissait peut-être, mais au prix d'effets secondaires désagréables.

Sur un rayon, il y avait un mystérieux flacon. Il contenait une vingtaine de petits cylindres gris, durs, ternes, sans saveur, et ne portait pas d'étiquette. C'était très étrange, puisque ce laboratoire était allemand. Oui, bien sûr, les Russes étaient à quelques kilomètres, la catastrophe était dans l'air, presque visible, il y avait des bombardements tous les jours, tout le monde savait que la guerre était sur le point de finir, mais enfin, quelques constantes devaient bien subsister, et parmi celles-ci il y avait notre faim, et le fait que ce laboratoire était allemand, et que les Allemands n'oublient jamais les étiquettes. En effet, tous les autres flacons, bidons et bouteilles du laboratoire portaient des étiquettes très lisibles, écrites à la machine, ou à la main, en beaux caractères gothiques. Celui-ci était le seul à ne pas en avoir.

Dans la situation où j'étais, je ne disposais évidemment pas de l'outillage et de la tranquillité nécessaires pour identifier la nature de ces petits cylindres. À tout hasard, j'en cachai trois dans ma poche et les rapportai le soir au camp. Ils avaient vingt-cinq millimètres environ de longueur et un diamètre de quatre ou cinq millimètres.

Je les montrai à mon ami Alberto, Alberto sortit de sa poche un canif et essaya d'en entailler un : il était dur, il résistait à la lame. J'essayai de le racler : on entendit un léger crépitement et une petite gerbe d'étincelles jaunes en jaillit. Le diagnostic était maintenant facile : il s'agissait de ferrocérium, l'alliage dont sont faites les pierres à briquet communes. Pourquoi les cylindres étaient-ils si grands ? Alberto, qui avait travaillé pendant quelques semaines comme manœuvre dans une équipe de soudeurs, m'expliqua qu'on les montait sur le brûleur des chalumeaux oxyacétyléniques pour enflammer le gaz. Je me sentis alors sceptique quant aux possibilités commerciales de mon larcin : ces cylindres pouvaient bien sûr servir à allumer le feu, mais, au camp, les allumettes (illégales) n'étaient nullement rares.

Alberto me rabroua. Le renoncement, le pessimisme, le découragement étaient pour lui exécrables et coupables : il n'acceptait pas l'univers concentrationnaire, il le refusait avec son instinct et sa raison, il ne se laissait pas polluer par eux. C'était un homme de bonne et forte volonté, il était miraculeusement resté libre, et ses paroles et ses actes étaient libres, il n'avait pas baissé la tête, il n'avait pas plié l'échine. Un geste, un mot, un rire de lui possédaient une vertu libératoire, faisaient un trou dans le tissu rigide du *Lager*, et tous ceux qui l'approchaient s'en apercevaient, même ceux qui ne comprenaient pas sa langue. Je crois que personne, en ce lieu, n'a été autant aimé que lui.

Il me rabroua : il ne faut jamais se décourager, parce que c'est nuisible, donc immoral, presque indécent. J'avais volé le cérium : bon, il s'agissait maintenant de le placer, de le lancer sur le marché. Lui s'en occuperait, il en ferait une nouveauté, un article de haute valeur commerciale. Prométhée avait été un sot de faire don du feu aux hommes au lieu de le vendre : il aurait gagné de l'argent, apaisé Jupiter, et évité cette fâcheuse histoire de vautour.

Nous, nous devions nous montrer plus rusés. Ce petit discours, sur la nécessité de se montrer rusé, n'était pas nouveau entre nous. Alberto me l'avait tenu souvent et, avant lui, d'autres dans le monde libre, et beaucoup d'autres me le répétèrent encore par la suite, un nombre infini de fois jusqu'à aujourd'hui, avec un résultat modeste, ou plutôt avec le résultat paradoxal de développer chez moi une dangereuse tendance à la symbiose avec un rusé authentique, lequel tirerait (ou penserait tirer) d'une association avec moi des avantages temporels ou spirituels. Alberto était un symbiote idéal, car il s'abstenait d'exercer sa ruse à mes dépens. Je ne savais pas – mais lui, si (il savait toujours tout sur tout le monde, et pourtant il ne connaissait ni l'allemand ni le polonais et que peu de français) – qu'il existait sur le chantier une fabrication clandestine de briquets : des artisans inconnus, dans leurs moments de loisir, en faisaient pour des personnes importantes du camp et pour les ouvriers civils. Eh bien ! pour les briquets, il faut des pierres, et il les faut d'une certaine mesure : il s'agissait donc d'amincir celles que j'avais en ma possession. Mais de combien et comment ? « Ne fais donc pas de difficultés, me dit-il, c'est mon affaire ; la tienne, c'est de voler le reste. »

Je n'eus pas de difficultés, le lendemain, à suivre le conseil d'Alberto. Vers les dix heures du matin, les sirènes du *Fliegeralarm*, l'alerte antiaérienne, se mirent à hurler. Ce n'était plus une nouveauté pour nous, mais, chaque fois, nous sentions tous l'angoisse nous pénétrer jusqu'à la moelle. Cela ne paraissait pas un son terrestre, ce n'était pas une sirène comme celle des usines, c'était un bruit d'un volume énorme qui, simultanément dans toute la zone et rythmiquement, s'élevait jusqu'à un aigu spasmodique pour redescendre et finir en un grondement de tonnerre. Ce ne devait pas être une trouvaille due au hasard, car rien en Allemagne n'était laissé au hasard et d'ailleurs, c'était trop conforme au but et à la toile de fond. J'ai souvent pensé que cela avait été mis au point par un musicien maléfique qui y avait enfermé la fureur et les larmes, le hurlement à la lune du loup et le souffle du typhon – c'est ainsi que devait sonner le cor d'Astolphe. Ce bruit provoquait la peur panique, non seulement parce qu'il annonçait les bombes, mais aussi par l'effet de son horreur intrinsèque, on aurait presque dit le gémissement d'une bête blessée emplissant l'espace jusqu'à l'horizon.

Devant les attaques aériennes, les Allemands avaient plus peur que nous ; nous, contre toute raison, nous ne les craignions pas, parce que nous les savions dirigées non contre nous, mais contre nos ennemis. En quelques secondes, je me trouvai seul dans le laboratoire, j'empochai tout le cérium et sortis à l'extérieur pour rejoindre mon Kommando : le ciel était déjà rempli par le bourdonnement des bombardiers et il en descendait, voltigeant mollement, des tracts jaunes qui portaient d'atroces paroles de dérision :

Im Bauch kein Fett,
Acht Uhr ins Bett ;
Der Arsch kaum warm,
Fliegeralarm !
Dans l'estomac toujours pas de lard,
À huit heures tout le monde au plumard ;
À peine as-tu les fesses au chaud,
V'là la sirène, gare à tes os !

Nous, les prisonniers, nous n'avions pas accès aux refuges antiaériens : nous nous rassemblions sur les vastes terrains pas encore construits, autour du chantier. Tandis que les bombes commençaient à tomber, étendu sur la boue durcie par le gel et sur l'herbe maladive, je tâtai les petits cylindres dans ma poche, méditant sur l'étrangeté de mon destin, de nos destins de feuilles sur la branche, et, en général, des destins humains. Selon Alberto, une pierre à briquet était cotée une ration de pain, c'est-à-dire une journée de vie ; j'avais volé au moins quarante petits cylindres, et l'on pouvait tirer trois pierres finies de chacun. Au total : cent vingt pierres, deux mois de vie pour moi et deux pour Alberto – dans deux mois les Russes arriveraient et nous libéreraient, et nous aurions finalement été libérés par le cérium, un élément dont j'ignorais tout, sauf son unique application pratique, et qu'il appartient à l'équivoque et hérétique famille des terres rares, que son nom n'a rien à voir avec la cire et qu'il ne rappelle pas non plus celui qui l'a découvert : il évoque en effet (grande modestie des chimistes d'une autre époque !) la petite planète Cérès, le métal et l'astre ayant été découverts dans la même année 1801 – et il y avait peut-être là un hommage à la fois ironique et affectueux aux accouplements alchimiques : comme le Soleil était l'or et Mars le fer, ainsi Cérès devait être le cérium.

Le soir, je rapportai au camp les petits cylindres, et Alberto, un morceau de cuivre percé d'un trou circulaire : c'était le calibre fixé, auquel nous devrions ramener les cylindres pour les transformer en pierres à briquet, donc en pain.

Ce qui suivit est à juger avec précaution. Alberto dit qu'il fallait réduire le diamètre des cylindres en les raclant avec un couteau, en cachette, afin qu'aucun concurrent ne nous vole notre secret. Quand ? La nuit. Où ? Dans la baraque, sous les couvertures et au-dessus de la paillasse remplie de copeaux, c'est-à-dire en risquant de provoquer un incendie et, de façon plus réaliste, en risquant la pendaison : c'était en effet à cette peine qu'étaient condamnés, entre autres, tous ceux qui grattaient une allumette dans la baraque.

On hésite toujours à juger les actions téméraires, les siennes ou celles d'autrui, lorsqu'elles se sont bien terminées : n'étaient-elles donc pas tellement téméraires ? À moins qu'il ne soit vrai qu'il existe un Dieu pour veiller sur les enfants, les simples d'esprit et les ivrognes ? Ou bien encore, ces actions ont plus de poids et de chaleur que les autres, les innombrables actions qui se sont mal terminées, et pour cette raison on les raconte plus volontiers. Mais, alors, nous ne nous posions pas ces questions : le *Lager* nous avait donné une folle familiarité avec le danger et avec la mort, et risquer la corde pour manger nous paraissait un choix logique, et même évident.

Pendant que nos camarades dormaient, nous travaillions du couteau, nuit après nuit. Le décor était sinistre à pleurer : une unique ampoule électrique éclairait faiblement la grande baraque de bois et l'on distinguait dans la pénombre, comme dans une vaste caverne, les visages de nos camarades, transformés par le sommeil et par les rêves : livides, couleur de mort, ils remuaient leurs mâchoires, en rêvant de manger.

Beaucoup laissaient pendre hors de la couchette un bras ou une jambe, nus et squelettiques, d'autres se plaignaient ou parlaient dans leur sommeil.

Mais nous deux, nous étions vivants et nous ne cédions pas au sommeil. Chacun tenant sa couverture un peu soulevée à l'aide des genoux, sous cette tente improvisée nous raclions les cylindres, à l'aveuglette et au toucher, à chaque coup de nos lames on entendait un faible crépitement et l'on voyait naître une gerbe de petites étincelles jaunes. À intervalles répétés, nous regardions si le petit cylindre passait dans le trou-calibre : si non, nous continuions notre travail, si oui, nous brisions le tronçon devenu plus mince et le mettions soigneusement de côté.

Nous travaillâmes trois nuits. Rien n'arriva, personne ne s'aperçut de notre trafic, ni les couvertures ni les paillasses ne prirent feu, et c'est ainsi que nous gagnâmes le pain qui nous maintint en vie jusqu'à l'arrivée des Russes, et que la confiance et l'amitié qui nous unissaient se renforcèrent. Ce qu'il advint de moi est écrit ailleurs. Alberto partit à pied avec la plupart des détenus quand le front se fut rapproché ; les Allemands les firent marcher jour et nuit dans la neige et la glace, abattant tous ceux qui ne pouvaient plus avancer ; ils les chargèrent ensuite dans des wagons découverts qui menèrent les survivants vers un nouveau chapitre d'esclavage, à Buchenwald et à Mauthausen. Pas plus d'un quart des partants ne survécut à cette marche.

Alberto n'est pas revenu, et il ne reste pas de trace de lui : un de ses pays, mi-visionnaire mi-filou, vécut pendant quelques années, après la fin de la guerre en donnant à sa mère, contre paiement et au détail, de fausses informations consolatrices.

Vanadium

Une peinture, par définition, est une substance instable ; en effet, à un certain point de sa carrière, elle doit, de liquide, devenir solide. Il est nécessaire que cet événement se produise au moment et à l'endroit qu'il faut. Dans le cas opposé, la chose peut se révéler désagréable ou dramatique : il peut arriver qu'une peinture se solidifie (nous disons brutalement « parte ») au cours du séjour en magasin, il faut alors jeter la marchandise, ou que la résine de base se solidifie pendant la synthèse, dans un réacteur de dix ou vingt tonnes, ce qui peut tourner au tragique ; il peut se faire, au contraire, que la peinture ne se solidifie pas du tout, alors, on fait rire de nous, car une peinture qui ne sèche pas est comme un fusil qui ne tire pas ou un taureau qui ne féconde pas.

Dans de nombreux cas, l'oxygène de l'air prend part au processus de solidification. Parmi les diverses actions, vitales ou destructrices, dont l'oxygène est capable, la plus importante pour nous, chimistes des peintures, est sa capacité de réagir à certaines petites molécules, comme celles de certaines huiles, et de créer des ponts entre elles en les transformant en un maillage compact, donc solide, et c'est ainsi, par exemple, que l'huile de lin sèche à l'air.

Nous avions importé une partie de résine pour peinture, une de ces résines, justement, qui se solidifient à la température ordinaire par simple exposition à l'atmosphère, et elle nous donnait du souci. Contrôlée isolément, la résine séchait normalement, mais lorsqu'elle avait été broyée avec un certain type (irremplaçable) de noir de fumée, sa capacité de sécher s'atténuait jusqu'à disparaître. Nous avions déjà écarté plusieurs tonnes d'émail noir qui, en dépit de toutes les tentatives de correction, restait, une fois appliqué, indéfiniment visqueux, comme un lugubre papier tue-mouches.

Dans un cas comme celui-ci, avant de formuler des accusations, il importe d'avancer avec précaution. Le fournisseur était la société W., grande et respectable industrie allemande, un des tronçons entre lesquels les Alliés, après la guerre, avaient démembré la toute-puissante IG-Farben : des gens comme ceux-là, avant de se reconnaître en faute, jettent dans le plateau de la balance tout le poids de leur propre prestige et toute leur capacité dilatoire. Mais il n'y avait pas moyen d'éviter la discussion : les autres parties de résine se comportaient bien avec cette même partie de noir de fumée, la résine était d'un type particulier que W. était seule à produire, nous étions liés par contrat et devions absolument continuer à produire cet émail noir, sans manquer aux échéances fixées.

J'écrivis une lettre de réclamation fort polie, exposant les termes du problème, et la réponse arriva quelques jours après ; elle était longue et pédante, conseillait des remèdes évidents que nous avions déjà adoptés sans résultat et contenait une exposition superflue et délibérément embrouillée du mécanisme d'oxydation de la résine ; elle ignorait l'urgence où nous nous trouvions et, sur le point essentiel, se contentait de dire que les contrôles étaient en cours. Il ne nous restait rien d'autre à faire qu'à commander aussitôt une autre partie de résine, demandant à W. de vérifier avec un soin tout particulier son comportement avec ce type de noir de fumée.

En même temps que l'accusé de réception de cette commande, une deuxième lettre nous parvint, presque aussi longue que la première et signée du même Doktor L. Müller. Elle était un peu plus pertinente, reconnaissait (avec force précautions et réserves) la justesse de notre doléance et contenait un conseil moins banal que les précédents : « *ganz unerwarteterweise* », c'est-à-dire « de façon tout à fait inattendue », les gnomes de leur laboratoire avaient trouvé que la partie contestée guérissait lorsqu'elle était additionnée de 0,1 pour cent de naphténate de vanadium, un additif dont, jusqu'alors, on n'avait jamais entendu parler dans le monde des peintures. Ce Doktor Müller inconnu nous invitait à vérifier immédiatement leur affirmation ; au cas où l'effet se confirmerait, leur observation pourrait éviter aux deux parties les ennuis et les inconnues d'un litige international et d'une réexportation.

Müller. Il y avait eu un Müller dans une de mes incarnations précédentes, mais Müller, en Allemagne, est un nom aussi répandu que Molinari en Italie ou Lemeunier en France, dont il est l'équivalent exact. Pourquoi y penser plus longtemps ? Et cependant, en relisant les deux lettres dont la formulation était des plus lourdes, farcie d'un abus de termes techniques, je ne parvenais pas à faire taire un doute, de ceux qui ne se laissent pas écarter et vous rongent de l'intérieur comme des vers. Allons ! il doit bien y avoir deux cent mille Müller en Allemagne, laisse tomber et pense à corriger ta peinture.

… puis, soudain, une particularité de la dernière lettre qui m'avait échappé me revint sous les yeux – ce n'était pas une faute de frappe, elle était répétée deux fois : on avait bel et bien écrit *naptenat*, et non *naphtenat*, l'orthographe correcte. Or, il se trouve que je conserve des souvenirs d'une précision pathologique des rencontres faites en cet univers maintenant éloigné. Eh bien, cet autre Müller, dans un laboratoire plein d'un froid glacial, d'espérance et d'épouvante, disait *béta-Naptylamin* au lieu de *béta-Naphtylamin*.

Les Russes étaient à nos portes, les avions alliés, deux ou trois fois chaque jour, venaient démolir l'usine de Buna : il n'y avait plus une vitre entière, l'eau, la vapeur, l'énergie électrique manquaient, mais l'ordre était de continuer à produire le caoutchouc Buna, et les Allemands ne discutent pas les ordres.

Je me trouvais dans un laboratoire avec deux autres prisonniers spécialistes, pareils aux esclaves savants que les riches Romains importaient de Grèce. Il était aussi impossible qu'inutile de travailler : nous passions presque tout notre temps à démonter les appareils à chaque alerte aérienne et à les remonter, l'alerte finie. Mais puisque les ordres ne se discutent pas, un inspecteur, de temps à autre, se frayait un chemin jusqu'à nous, au milieu des décombres et de la neige, afin de s'assurer que le travail du laboratoire continuait selon les consignes. Parfois, c'était un SS à visage de pierre qui venait, d'autres fois un vieux petit soldat de la territoriale aussi effrayé qu'une souris, d'autres fois encore un civil. Le civil qui apparaissait le plus fréquemment était appelé Doktor Müller.

Il devait être assez important, car tous les autres le saluaient les premiers. C'était un homme de haute taille et corpulent, à l'aspect plus grossier que raffiné ; il n'avait parlé que trois fois avec moi, et les trois fois avec une timidité rare en ce lieu, comme s'il avait eu honte de quelque chose. La première fois, uniquement de questions de travail (du dosage de la naphtylamine, justement), la deuxième fois, il m'avait demandé pourquoi j'avais la barbe aussi longue, ce à quoi j'avais répondu qu'aucun de nous n'avait de rasoir, ni même de mouchoir, et qu'on nous faisait la barbe d'office tous les lundis ; la troisième fois, il m'avait donné un mot, écrit très proprement à la machine, qui m'autorisait à me faire raser aussi le jeudi et à me faire donner par l'*Effektenmagazin* une paire de chaussures en cuir, et il m'avait demandé, en me vouvoyant : « Pourquoi avez-vous l'air si inquiet ? » Moi qui, à cette époque, pensais en allemand, j'avais conclu en moi-même : *Der Mann hat keine Ahnung*, « ce type ne se rend vraiment pas compte ».

Le devoir avant tout. Je m'empressai de rechercher chez nos fournisseurs ordinaires un échantillon de naphténate de vanadium, et je m'aperçus que ce n'était pas facile : le produit n'était fabriqué qu'en petites quantités et uniquement sur commande ; je transmis la commande.

La réapparition de ce *pt* m'avait précipité dans une excitation violente. Ç'avait été mon désir le plus vif et le plus permanent dans mes années de l'après-*Lager* de me trouver, d'homme à homme, en train de régler les comptes avec un des « autres ». Ce désir n'avait été que partiellement satisfait par les lettres de mes lecteurs allemands : non, elles ne me contentaient pas, ces honnêtes et trop générales déclarations de repentir et de solidarité de la part de gens jamais vus, dont je ne connaissais pas l'autre face et qui, probablement, n'étaient pas impliqués dans l'affaire, sinon sentimentalement. La rencontre, attendue si intensément que j'en rêvais (en allemand) la nuit, était un face-à-face avec un de ceux de là-bas, qui avaient disposé de nous, qui ne nous avaient pas regardés dans les yeux, comme si nous n'avions pas eu d'yeux. Non pour me venger : je ne suis pas un comte de Monte-Cristo. Seulement, pour mettre les choses au point, et pour dire : « Alors ? » Si ce Müller était mon Müller, il n'était pas l'antagoniste parfait, parce que, d'une certaine façon, ne fût-ce que pour un moment, il avait eu pitié, ou seulement un rudiment de solidarité professionnelle. Peut-être moins encore : peut-être s'était-il seulement ressenti du fait que cet étrange hybride de collègue et d'instrument, qui était tout de même un chimiste, fréquentait un laboratoire sans l'*Anstand*, sans la « dignité » qu'exige le laboratoire, mais les autres, autour de lui, n'avaient même pas éprouvé cela. Il n'était pas l'antagoniste parfait, mais, c'est chose connue, la perfection n'est pas dans les histoires qu'on vit, elle est dans celles qu'on raconte.

Je me mis en contact avec le représentant de W., avec qui je me sentais assez en confiance, et le priai de se renseigner discrètement sur le compte du Doktor Müller : quel âge avait-il ? à quoi ressemblait-il ? où avait-il été pendant la guerre ? La réponse ne se fit pas attendre longtemps : l'âge et l'aspect coïncidaient, l'homme en question avait d'abord travaillé à Schkopau, afin de se familiariser avec la technique de la fabrication du caoutchouc, puis à l'usine de Buna, voisine d'Auschwitz. J'obtins son adresse et lui envoyai, de particulier à particulier, un exemplaire de l'édition allemande de *Se questo è un uomo*[1], en joignant une lettre où je lui demandais s'il était bien le Doktor Müller d'Auschwitz et s'il se souvenait des « trois hommes du laboratoire » ; eh bien, qu'il excuse cette brusque intrusion et ce retour du néant, j'étais l'un des trois, en même temps que le client préoccupé à cause de la résine qui ne séchait pas.

Je me disposai à attendre une réponse tandis que se poursuivait, au niveau des firmes, l'échange de lettres chimico-bureaucratiques au sujet du vanadium italien qui ne marchait pas aussi bien que le vanadium allemand. Veuillez donc nous adresser d'urgence les

1. Titre de la traduction française : *Si j'étais un homme.*

spécifications du produit et nous expédier par voie aérienne cinquante kilos, dont vous voudrez bien décompter le prix, etc. Sur le plan technique, la chose semblait en bonne voie, mais le destin du lot de résine défectueux n'était pas éclairci : fallait-il le garder avec un rabais sur le prix, ou le réexpédier aux frais de W., ou demander un arbitrage international ? En attendant, comme c'est l'usage, nous nous menacions mutuellement de procéder selon les voies judiciaires, « *gerichtlich vorzugehen* ».

La réponse « privée » continuait de se faire attendre, ce qui était presque aussi irritant et énervant que la contestation entre les firmes. Que savais-je de mon homme ? Rien – il avait, selon toute probabilité, effacé tout, délibérément ou non ; ma lettre et mon livre constituaient pour lui une intrusion impolie et fastidieuse, une invitation maladroite à remuer un sédiment maintenant bien tassé, un attentat à l'*Anstand*. Il ne me répondrait jamais. Dommage : ce n'était pas un Allemand parfait, mais existe-t-il des Allemands parfaits ? ou des juifs parfaits ? Ce sont des abstractions : le passage du général au particulier réserve toujours de stimulantes surprises lorsque le partenaire privé de contours, masqué, se définit devant vous, progressivement ou d'un seul coup, et devient le *Mitmensch*, le « cohumain », avec toute son épaisseur, ses tics, ses anomalies et ses anacoluthes. À présent, près de deux mois s'étaient écoulés, la réponse n'arriverait plus. Dommage.

Elle arriva, datée du 2 mars 1967, sur un élégant papier à en-tête imprimé en caractères vaguement gothiques. C'était une lettre d'ouverture, brève et réservée. Oui, le Müller de Buna était bien lui. Il avait lu mon livre, reconnu avec émotion les personnes et les lieux ; il était heureux de savoir que j'avais survécu ; il me demandait des nouvelles des deux autres « hommes du laboratoire », et jusqu'ici il n'y avait rien d'étrange puisqu'ils étaient nommés dans mon livre. Mais il s'enquérait aussi de Goldbaum, que je n'avais pas nommé. Il ajoutait qu'il avait relu, à cette occasion, ses notes concernant cette période – il me les commenterait volontiers au cours d'une rencontre personnelle souhaitable, « utile pour moi comme pour vous, et nécessaire aux fins de surmonter un aussi terrible passé » *(« im Sin der Bewältigung der so furchtbare Vergangenheit »).* Il déclarait enfin que, parmi tous les prisonniers qu'il avait rencontrés à Auschwitz, j'étais celui qui avait fait sur lui l'impression la plus forte et la plus durable, mais cela pouvait être une flatterie, et au ton de la lettre, et en particulier à cette phrase sur le passé à « surmonter », il semblait bien que l'homme attendait quelque chose de moi.

C'était maintenant à mon tour de répondre, et je me sentais embarrassé. Voilà, l'affaire avait réussi, l'adversaire était pris au piège : il était devant moi, presque un collègue dans la fabrication des peintures, il écrivait comme moi sur un papier à en-tête, et se rappelait même Goldbaum. C'était encore assez flou, mais il était certain qu'il attendait de moi quelque chose comme une absolution, car il avait un passé à surmonter et moi, pas : je n'attendais de lui qu'une remise sur la facture d'une résine défectueuse. La situation était intéressante mais atypique : elle ne coïncidait qu'en partie avec celle du réprouvé devant le juge.

Et d'abord : en quelle langue allais-je lui répondre ? Certainement pas en allemand : j'aurais commis des fautes ridicules que mon rôle ne permettait pas. Il est toujours préférable de se battre sur son propre terrain : je lui écrivis en italien. Les deux hommes du laboratoire étaient morts – je ne savais ni où ni comment –, Goldbaum aussi, de froid et de faim pendant la marche d'évacuation. En ce qui me concernait, il connaissait l'essentiel par mon livre, et par notre correspondance professionnelle sur le vanadium.

J'avais, moi, beaucoup de questions à lui poser : trop, et trop lourdes pour lui et pour moi. Pourquoi Auschwitz ? pourquoi Pannwitz ? pourquoi les enfants gazés ? Mais je sentais que le moment n'était pas encore venu de franchir certaines limites, et je lui demandai seulement s'il acceptait les jugements, implicites et explicites, de mon livre. S'il estimait que l'IG-Farben avait employé spontanément la main-d'œuvre esclave. S'il connaissait alors les « installations » d'Auschwitz qui engloutissaient dix mille vies chaque jour, à sept kilomètres des établissements fabriquant le caoutchouc Buna. Enfin, puisqu'il parlait de ses « notes concernant cette période », m'en enverrait-il une copie ?

Je ne parlai pas de la « rencontre souhaitable », parce que j'en avais peur. Inutile de chercher des euphémismes, de parler de pudeur, de répugnance, de retenue. Peur était bien le mot : de même que je ne me sentais pas un Monte-Cristo, je ne me sentais pas non plus un Horace-Curiace ; je ne me sentais pas capable de représenter les morts d'Auschwitz, et il ne me semblait même pas sensé de voir dans Müller le représentant des bourreaux. Je me connais : je ne possède pas de promptitude polémique, l'adversaire me distrait, l'homme qui est en lui m'intéresse plus que l'adversaire, je suis là à l'écouter au risque de le croire ; l'indignation et le jugement juste me reviennent après, dans l'escalier, quand ils ne servent plus. Cela me convenait de continuer par lettres.

Müller m'écrivit, au nom de sa firme, que les cinquante kilos avaient été expédiés et que W. comptait sur un arrangement amical, etc. La lettre que j'attendais arriva presque en même temps chez moi, mais ce n'était pas celle que j'attendais. Ce n'était pas une lettre modèle, exemplaire, et, à cet endroit de mon récit, si cette histoire était inventée, je n'aurais pu introduire que deux types de lettres : l'une, humble, chaleureuse, chrétienne, d'Allemand racheté, ou une réplique scélérate, orgueilleuse, glaciale, de nazi opiniâtre. Or, cette histoire n'est pas inventée, et la réalité est toujours plus complexe que l'invention : moins soignée, plus grossière, moins ronde. Elle se situe rarement sur un seul plan.

La lettre était longue de huit pages et elle contenait une photographie qui me fit tressaillir. Le visage était *ce* visage, vieilli et en même temps ennobli par un photographe savant – je l'entendais, sa haute taille penchée sur moi, prononcer ces mots d'un apitoiement distrait et momentané : « Pourquoi avez-vous l'air si inquiet ? »

C'était visiblement l'œuvre d'un scripteur inexpert : rhétorique, sincère à moitié, pleine de digressions et d'éloges excessifs, émouvante, pédante et embarrassée ; elle défiait tout jugement sommaire et global.

Il attribuait les faits d'Auschwitz à l'Homme, sans différencier ; il les déplorait et trouvait une consolation à la pensée d'autres hommes cités dans mon livre : Alberto, Lorenzo (« sur qui s'émoussent les armes de la nuit » : la phrase était de moi, mais, répétée par lui, elle prenait un son hypocrite et détonnait). Il racontait son histoire : « entraîné au début par l'enthousiasme général pour Hitler », il s'était inscrit à une ligue d'étudiants nationalistes, qui, peu après, avait été incorporée d'office dans les SA ; il avait réussi à en partir et commentait : « Cela aussi était donc possible. » À la guerre, il avait été mobilisé dans la DCA et, alors seulement, devant les villes en ruine, il avait éprouvé « honte et dégoût de la guerre ». En mai 1944, il avait pu (comme moi !) faire valoir sa qualité de chimiste, et il avait été affecté à l'usine de Schkopau de l'IG-Farben, dont l'usine d'Auschwitz était une copie agrandie : à Schkopau, il avait eu à former aux travaux de laboratoire un groupe de jeunes Ukrainiennes que j'avais, de fait, retrouvées à Auschwitz et dont je ne m'expliquais pas la curieuse familiarité avec le Doktor Müller. Il n'avait été transféré à Auschwitz, avec ces jeunes filles, qu'en novembre 1944 – le nom d'Auschwitz, à cette date, n'avait aucune signification, ni pour lui ni pour ceux qu'il connaissait ; cependant, à son arrivée, lors d'une brève rencontre de présentation avec le directeur (sans doute l'ingénieur Faust), celui-ci l'avait averti que « les juifs de Buna ne devaient être employés que dans les travaux les plus humbles, et que la pitié n'était pas tolérée ».

Il avait été placé sous l'autorité directe du Doktor Pannwitz, celui qui m'avait soumis à un curieux « examen d'État » afin de s'assurer de mes capacités professionnelles. Müller manifestait une très mauvaise opinion de son supérieur, et il me précisait qu'il était mort en 1946 d'une tumeur au cerveau. Lui, Müller, était le responsable du laboratoire de Buna, et il affirmait avoir tout ignoré de cet examen et avoir choisi personnellement les trois spécialistes que nous étions, et moi en particulier ; selon cette information, improbable mais non impossible, c'est donc à lui que j'aurais dû d'avoir survécu. Il disait avoir eu avec moi un rapport de quasi-amitié entre pairs, avoir conversé avec moi de problèmes scientifiques et médité, en cette circonstance, sur ces « précieuses valeurs humaines que détruisaient d'autres hommes par brutalité pure ». Non seulement je ne me souvenais d'aucune conversation de ce genre (et ma mémoire touchant cette période, comme je l'ai dit, est excellente), mais leur seule supposition, sur ce fond de décomposition, de défiance réciproque et de mortelle fatigue, était complètement hors de la réalité, et on ne pouvait l'expliquer que comme un très ingénieux *wishful thinking* posthume ; c'était un fait mineur qu'il racontait peut-être à beaucoup de gens, et il ne se rendait pas compte que la seule personne au monde qui ne pouvait pas le croire était justement moi. Il ne se souvenait pas des deux détails de la barbe et des chaussures, mais, de bonne foi peut-être, il s'était construit un passé commode. Il en rappelait d'autres, équivalents, et à mon avis, plausibles. Il avait eu connaissance de ma scarlatine et s'était fait du souci pour ma survie, en particulier lorsqu'il avait su que les prisonniers étaient évacués à pied. Le 26 janvier 1945, les SS l'avaient affecté au Volksturm, cette armée faite d'un ramassis de réformés, de vieux et d'enfants qui aurait dû empêcher les Soviétiques de passer ; heureusement, le directeur technique déjà nommé l'avait sauvé en l'autorisant à s'enfuir à l'arrière.

À ma question concernant l'IG-Farben, il répondait nettement oui ; elle avait employé des prisonniers, mais seulement pour les protéger. Il allait même jusqu'à formuler l'opinion (démente !) que toute l'usine de Buna-Monowitz, huit kilomètres carrés d'établissements cyclopéens, avait été construite dans l'intention de « protéger les juifs et de contribuer à les faire survivre », et que l'ordre de ne pas avoir pitié d'eux était une *Tarnung*, « un camouflage ». *Nihil de principe*, aucune accusation portée contre l'IG-Farben – mon homme était toujours employé de la firme W., qui en était l'héritière, et on ne crache pas dans l'écuelle où l'on mange. Durant son bref séjour à Auschwitz, « aucun élément paraissant tendre au meurtre des juifs n'était jamais venu à sa connaissance ». C'était paradoxal, choquant, mais non à exclure – en ce temps, pour la majorité silencieuse allemande, c'était une technique répandue d'essayer d'en savoir le moins possible, et pour cette raison, de ne pas poser de questions. Lui non plus, évidemment, n'avait demandé d'explications à personne, même pas à lui-même, bien que les flammes du crématoire, aux jours clairs, fussent visibles de l'usine de Buna.

Peu de temps avant l'effondrement final, il avait été fait prisonnier par les Américains et enfermé pendant quelques jours dans un camp de prisonniers de guerre qu'avec un sarcasme involontaire, il définissait comme « installé primitivement ». Ainsi qu'au temps de notre rencontre au laboratoire, Müller continuait donc, au moment où il écrivait, à n'avoir « *keine Ahnung* », à ne se rendre vraiment compte de rien.

Il était retourné dans sa famille à la fin de juin 1945. Tel était, en substance, le contenu des notes dont je lui avais demandé à prendre connaissance.

Dans mon livre, il percevait un dépassement du judaïsme, un accomplissement du commandement chrétien d'aimer ses propres ennemis et un témoignage de foi dans l'Homme, et il concluait en insistant sur la nécessité d'une rencontre, en Allemagne ou en Italie, où il était prêt à me rejoindre où et quand cela me conviendrait, de préférence sur la Riviera. Deux jours plus tard, par le canal professionnel, arriva une lettre de chez W., qui, certainement pas par hasard, portait non seulement la même signature mais aussi la même date que la longue missive privée ; c'était une lettre conciliante : on reconnaissait son tort et l'on se déclarait ouvert à toute proposition. On donnait à entendre que c'était peut-être un mal pour un bien : l'incident avait mis en lumière la vertu du naphténate de vanadium, qui, désormais, serait incorporé directement à la résine, pour tous les clients.

Que faire ? Le personnage Müller s'était *entpuppt*, il était sorti de la chrysalide, il était nettement dessiné, mis au point. Ni infâme ni héros : la rhétorique et les mensonges de bonne ou mauvaise foi une fois filtrés, il restait un exemplaire humain typiquement gris, un de ces borgnes qui ne sont pas rares au royaume des aveugles. Il me faisait un honneur immérité en m'attribuant la vertu d'aimer mes ennemis : non, malgré les lointains privilèges qu'il m'avait réservés, et bien qu'il n'ait pas été un ennemi dans toute la rigueur du terme, je ne me sentais pas disposé à l'aimer. Je ne l'aimais pas, et je ne souhaitais pas le voir, cependant, dans une certaine mesure, j'éprouvais du respect pour lui : ce n'est pas commode d'être borgne. Ce n'était pas un paresseux, ni un sourd ni un cynique, il ne s'était pas arrangé, il réglait ses comptes avec le passé, et les comptes, pour lui, ne tombaient pas juste : il essayait de les faire tomber juste, au besoin en trichant un peu. Pouvait-on en demander beaucoup plus à un ex-SA ? La comparaison que j'avais si souvent eu l'occasion de faire avec d'autres Allemands honnêtes rencontrés sur la plage ou à l'usine était tout en sa faveur : sa condamnation du nazisme était timide, elle s'exprimait par périphrases, mais il n'avait pas cherché de justifications. Il recherchait un dialogue, il avait une conscience et se débattait pour la garder en paix. Il avait, dans sa première lettre, parlé de « surmonter le passé » *(Bewältigung der Vergangenheit)* – j'ai appris depuis que c'est là un stéréotype, un euphémisme de l'Allemagne d'aujourd'hui, où il est universellement compris comme « rédemption du nazisme », mais la racine *walt* qui y est contenue apparaît aussi dans des mots qui disent « domination », « violence » et « viol » ; et je crois qu'en traduisant l'expression par « distorsion du passé » ou « violence faite au passé », on ne s'éloignerait pas beaucoup de sa signification profonde. Et cependant, cette tentative pour se réfugier dans des lieux communs valait mieux que la satisfaction obtuse et prospère des autres Allemands : ses efforts pour surmonter ce passé étaient maladroits, un peu ridicules, irritants et tristes, mais non exempts de dignité. Et puis, ne m'avait-il pas fait avoir une paire de chaussures ?

À mon premier dimanche libre je me disposai, plein de perplexité, à préparer une réponse autant que possible sincère, équilibrée et digne. Je rédigeai le brouillon : je le remerciais de m'avoir fait entrer au laboratoire ; je me déclarais prêt à pardonner aux ennemis, et même à les aimer, mais à la condition qu'ils montrent des signes certains de repentir, c'est-à-dire lorsqu'ils cessent d'être des ennemis. Au cas contraire, celui de l'ennemi qui demeure tel, qui persévère dans sa volonté de créer de la souffrance, il est certain qu'on ne doit pas lui pardonner ; on peut chercher à le récupérer, on peut (on doit !) discuter avec lui, mais c'est notre devoir de le juger, non de lui pardonner. Quant au jugement spécifique sur son comportement, que Müller demandait implicitement, je citais discrètement des cas connus de moi, ceux de deux de ses collègues allemands qui avaient fait quelque chose de beaucoup plus courageux que ce que lui revendiquait. Je reconnaissais que nous ne naissions pas tous héros, et qu'un monde où tous seraient comme lui, c'est-à-dire honnêtes et désarmés, serait supportable, mais c'est un monde irréel. Dans le monde réel, les hommes armés existent, ils construisent Auschwitz, et les honnêtes et les désarmés aplanissent leur voie ; c'est pourquoi chaque Allemand, plus, chaque homme, doit répondre d'Auschwitz, et qu'après Auschwitz il n'est plus permis d'être sans armes. D'une rencontre sur la Riviera je ne dis mot.

Le soir de ce même jour, Müller me téléphona d'Allemagne. La communication était perturbée et, du reste, je ne comprends plus bien l'allemand au téléphone : sa voix était pénible et comme brisée, le ton surexcité. Il m'annonçait qu'à la Pentecôte, dans six semaines, il viendrait à Finale Ligure : pouvions-nous nous rencontrer ? Pris à l'improviste, je répondis oui ; je le priai de me donner, le moment venu, des précisions sur son arrivée, et je mis de côté le brouillon de ma lettre, maintenant superflue.

Huit jours plus tard, je reçus de Frau Müller l'annonce de la mort inattendue du Doktor Lothar Müller, survenue dans sa soixantième année.

Le roi des Juifs

À mon retour d'Auschwitz, j'ai trouvé dans ma poche une curieuse pièce de monnaie en alliage léger, celle que l'on peut voir reproduite ci-dessus. Elle est rayée et rongée ; elle porte sur une face l'étoile juive (le « Bouclier de David »), la date de 1943, et le mot *getto*, qui se lit à l'allemande *ghetto* ; sur l'autre face, les inscriptions *Quittung über 10 Mark* et *Der Aelteste der Juden in Litzmannstadt*, c'est-à-dire, respectivement, « Quittance sur 10 marks » et « le Doyen des juifs à

Litzmannstadt ». Je suis resté des années sans y prêter attention ; pendant quelque temps j'ai gardé la pièce dans mon porte-monnaie, lui attribuant peut-être à mon insu la valeur d'un porte-bonheur, puis je l'ai laissée traîner au fond d'un tiroir. Récemment, des informations glanées à différentes sources m'ont permis d'en reconstruire l'histoire, au moins en partie, et c'est une histoire peu commune, fascinante et sinistre.

Sur les cartes actuelles, on ne trouve aucune ville du nom de Litzmannstadt, mais il existe un général Litzmann, qui était et est encore célèbre en Allemagne pour avoir, en 1914, enfoncé le front russe à Lodz, en Pologne ; c'est en l'honneur de ce général qu'à l'époque nazie la ville de Lodz avait été rebaptisée Litzmannstadt. Au cours des derniers mois de l'année 1944, les derniers survivants du ghetto de Lodz avaient été déportés à Auschwitz : j'ai dû trouver cette pièce de monnaie par terre, à Auschwitz, juste après la libération du camp : certainement pas avant, puisque je n'avais rien pu conserver de ce que j'avais alors sur moi.

En 1939, Lodz comptait environ 750 000 habitants, et était la ville la plus industrialisée, la plus « moderne » et la plus laide de Pologne : c'était une ville qui vivait de l'industrie textile, comme Manchester et comme Biella, tributaire de la présence de nombreux établissements, grands et petits, dont la plupart étaient déjà vétustes à cette époque, et qui, dans leur grande majorité, avaient été fondés plusieurs dizaines d'années auparavant par des industriels allemands et juifs. Comme dans toutes les villes d'une certaine importance de l'Europe orientale occupée, à Lodz aussi les nazis s'empressèrent d'instituer un ghetto, où ils remirent en vigueur, encore aggravées par les ressources de leur cruauté moderne, les conditions de vie des ghettos du Moyen Âge et de la contre-Réforme. Le ghetto de Lodz, ouvert dès le mois de février 1940, fut le premier par ordre chronologique et le deuxième, après celui de Varsovie, en importance numérique : il arriva à contenir plus de 160 000 juifs, et ne fut dissous qu'à l'automne 1944. Ce fut donc aussi le ghetto nazi qui eut la vie la plus longue, et il faut voir à cela deux raisons : son importance économique pour les Allemands, et la troublante personnalité de son président.

Il s'appelait Chaïm Rumkowski : déjà copropriétaire d'une fabrique de velours à Lodz, il avait fait faillite et avait effectué plusieurs voyages en Angleterre, sans doute pour traiter avec ses créanciers ; il s'était ensuite établi en Russie, où il avait trouvé moyen de refaire fortune ; ruiné par la révolution de 1917, il était revenu à Lodz. En 1940, il avait désormais presque soixante ans, il était veuf deux fois et n'avait pas d'enfants ; il était connu comme directeur d'œuvres de bienfaisance juives, et comme un homme énergique, inculte et autoritaire. La fonction de Président (ou Doyen) de ghetto était effroyable en tant que telle, mais c'était une charge, elle constituait une marque honorifique, elle permettait de gravir un échelon, elle conférait l'autorité : et Rumkowski aimait l'autorité. Comment il parvint à l'investiture, on ne l'a jamais su : peut-être par une de ces tristes ironies dans le style nazi (Rumkowski était, ou passait pour un imbécile bien comme il faut, bref l'homme de paille idéal) ; peut-être intrigua-t-il lui-même pour l'obtenir, tant il devait être assoiffé de pouvoir.

Il est prouvé que ses quatre ans de présidence, ou plutôt de dictature, furent un surprenant composé de rêve mégalomane, de vitalité barbare, et de réelles aptitudes de diplomate et d'organisateur. Il en arriva bientôt à se considérer comme un monarque absolu mais éclairé, et fut à coup sûr encouragé dans cette voie par ses maîtres allemands, qui, tout en se jouant de lui, appréciaient ses talents de bon administrateur et d'homme d'ordre. Il obtint d'eux l'autorisation de battre monnaie, aussi bien métallique (comme ma pièce) qu'en billets, sur du papier filigrané qu'on lui fournissait officiellement : cette monnaie servait à payer les ouvriers exténués du ghetto, qui pouvaient la dépenser dans les magasins qui leur étaient réservés pour s'y procurer une ration alimentaire quotidienne d'environ 800 calories.

Disposant d'une armée d'artistes et d'artisans de choix, affamés et prêts à accourir au moindre signe en échange d'un morceau de pain, Rumkowski fit dessiner et imprimer des timbres à son effigie : chevelure et barbe blanches sur fond lumineux de Foi et d'Espérance. Il eut une voiture attelée à une rosse squelettique, et, juché dessus, il parcourait les rues de son minuscule royaume, peuplées de mendiants et de solliciteurs. Il eut un manteau royal, et s'entoura d'une cour d'adulateurs, de laquais et de sicaires ; ses poètes-courtisans composèrent à son instigation des hymnes où l'on célébrait sa « main ferme et puissante » ainsi que la paix et l'ordre qui, par son mérite, régnaient dans le ghetto ; il ordonna de faire rédiger aux enfants, dans les écoles de la honte décimées par la faim et les razzias allemandes, des rédactions en l'honneur et à la louange de « notre cher protecteur et Président ». Comme tous les autocrates, il s'empressa d'organiser une police efficace, en apparence pour le maintien de l'ordre, en réalité pour protéger sa personne et imposer sa discipline : elle était constituée de six cents agents armés de matraques, et d'un nombre non précisé d'indicateurs. Il prononça de nombreux discours, qui ont été en partie conservés, et dont le style est unique : il avait adopté – délibérément ? consciemment ? ou s'était-il sans s'en rendre compte identifié au modèle de l'homme providentiel, du « héros nécessaire », qui dominait alors en Europe ? – la technique oratoire de Mussolini et de Hitler, celle de la mise en scène inspirée, du pseudo-colloque avec la foule, de la stratégie du consensus fondée sur l'emprise collective et l'acclamation.

Pourtant le personnage est plus complexe qu'il n'y paraît. Rumkowski ne fut pas seulement un renégat et un complice. Il a dû dans une certaine mesure, à force de le faire croire aux autres, se persuader lui-même qu'il était un *mashiach*, un messie, un sauveur de ce peuple dont il a dû, au moins par moments, désirer le bien. Paradoxalement, l'identification à l'oppresseur cohabite ou peut-être alterne chez lui avec une identification à l'opprimé, car l'homme, comme le dit Thomas Mann, est une créature confuse ; d'autant plus confuse, pourrions-nous ajouter, qu'elle est soumise à des tensions extrêmes : alors, elle échappe à notre jugement, comme une boussole affolée au contact du pôle magnétique.

Bien que méprisé, ridiculisé, et parfois molesté par les Allemands, il est probable que Rumkowski ne se voyait pas en esclave, mais en seigneur. Il a dû prendre sa propre autorité au sérieux : lorsque, sans prévenir, la Gestapo se saisit de « ses » conseillers, Rumkowski accourut courageusement à leur aide, s'exposant à la risée et aux gifles des Allemands, qu'il sut endurer avec dignité. Dans d'autres occasions encore, il chercha à marchander avec les Allemands, qui exigeaient de plus en plus de toile de ses esclaves travaillant aux métiers, et de lui des contingents accrus de bouches inutiles (vieillards, malades, enfants) à envoyer aux chambres à gaz. La dureté même avec laquelle il réprima sur-le-champ les flambées d'insubordination de ses sujets (il existait, à Lodz comme dans d'autres ghettos, des foyers irréductibles de résistance politique d'origine sioniste ou communiste) ne naissait pas tant de sa servilité à l'égard des Allemands que de l'indignation pour le crime de « lèse-majesté », pour l'offense infligée à sa royale personne.

En septembre 1944, à l'approche du front russe, les nazis décrétèrent la liquidation du ghetto de Lodz. Des dizaines de milliers d'hommes et de femmes qui jusqu'alors avaient réussi à résister à la faim, au travail exténuant et aux maladies, furent déportés à Auschwitz, l'*anus mundi*, l'exutoire ultime de l'univers allemand, où ils moururent presque tous dans les chambres à gaz. Un millier d'hommes restèrent dans le ghetto, pour démonter et remiser les précieuses machines et faire disparaître les traces du massacre : ils furent libérés peu après par l'Armée rouge et c'est à eux que l'on doit la plupart des présentes informations.

Quant au sort de Chaïm Rumkowski, il existe deux versions à ce sujet, comme si l'ambiguïté sous le signe de laquelle il avait vécu avait voulu s'attacher aussi à sa mort. Selon la première, alors qu'on procédait à la liquidation du ghetto, il aurait cherché à s'opposer à la déportation de son frère, dont il ne voulait pas se séparer ; un officier allemand lui aurait alors proposé de partir avec lui de son plein gré et Rumkowski aurait accepté. Selon une autre version, celui qui aurait tenté de sauver Rumkowski de la mort allemande serait Hans Biebow, autre personnage enveloppé du nuage de la duplicité. Ce louche industriel allemand était le fonctionnaire responsable de l'administration du ghetto, en même temps qu'il en était l'adjudicateur : c'était là une charge importante et délicate, car les usines du ghetto travaillaient pour les forces militaires allemandes. Biebow n'était pas un monstre : ce qui l'intéressait, ce n'était pas de faire souffrir ou de punir les juifs de la faute d'être juifs, mais de gagner de l'argent sur les fournitures. Le tourment du ghetto le touchait, mais indirectement, ce qu'il voulait, c'était que les esclaves-ouvriers travaillent, et donc qu'ils ne meurent pas de faim : son sens de la morale s'arrêtait là. En fait, c'était lui le vrai maître du ghetto, et il était lié à Rumkowski par ce rapport de commettant à fournisseur qui débouche souvent sur une virile amitié. Biebow, petit chacal trop cynique pour prendre au sérieux la démonologie de la race, aurait bien aimé différer la dissolution du ghetto, lequel était pour lui une excellente affaire, et préserver de la déportation son ami et associé Rumkowski : où l'on voit comment, bien souvent, le réaliste est meilleur que le théoricien. Mais les théoriciens SS étaient d'avis contraire, et ils étaient les plus forts. Ils étaient *gründlich*, radicaux : plus de ghetto et plus de Rumkowski.

En désespoir de cause, Biebow, qui jouissait de relations influentes, remit à Rumkowski une lettre cachetée adressée au commandant du camp de destination, et l'assura que la lettre le protégerait et lui garantirait un traitement de faveur. Rumkowski aurait demandé à Biebow, et obtenu, de voyager avec les honneurs de son rang, à savoir dans un wagon spécial, accroché à la queue du convoi de wagons de marchandises où s'entassaient les déportés sans privilèges ; mais le destin des juifs dans la main allemande était commun à tous, fussent-ils lâches ou héroïques, humbles ou orgueilleux. Ni la lettre ni le wagon ne sauvèrent du gaz d'Auschwitz Chaïm Rumkowski, roi des Juifs.

Une histoire comme celle-ci ne s'arrête pas là. Elle est lourde de sens, elle pose plus de questions qu'elle ne propose de réponses. Elle réclame à grands cris une interprétation, car on y entrevoit un symbole, comme dans les rêves et les signes du ciel. Mais il n'est pas facile de l'interpréter.

Qui est Rumkowski ? Ce n'est pas un monstre, mais ce n'est pas non plus un homme comme tous les autres ; c'est un homme comme beaucoup, comme beaucoup de frustrés qui goûtent au pouvoir et s'en enivrent. À bien des égards, le pouvoir est comme la drogue : le besoin de l'un et de l'autre est inconnu à celui qui ne les a pas essayés, mais après l'initiation viennent l'« addiction », la dépendance, et le besoin de doses de plus en plus fortes ; et viennent aussi le refus de la réalité et le retour aux rêves infantiles de toute-puissance. Si on accepte l'hypothèse d'un Rumkowski intoxiqué par le pouvoir, il faut admettre que cette intoxication s'est produite non pas à cause, mais en dépit du milieu du ghetto ; qu'elle était donc assez puissante pour s'imposer même dans des conditions qui sembleraient devoir anéantir toute volonté individuelle. En fait, on pouvait reconnaître en lui le syndrome connu du pouvoir prolongé et incontesté : vision déformée du monde, arrogance dogmatique, désir convulsif de rester aux leviers de commande, conviction d'être au-dessus des lois.

Tout cela n'exempte pas Rumkowski de sa responsabilité. Qu'un Rumkowski ait existé, cela fait mal et cela dérange ; probablement, s'il avait survécu à sa tragédie, et à la tragédie du ghetto qu'il a amoindrie en y superposant sa figure d'histrion, aucun tribunal ne l'aurait acquitté, pas plus que nous ne pouvons, nous, l'absoudre sur le plan moral. Cependant, il a des circonstances atténuantes : un ordre infernal comme celui du national-socialisme exerce un terrible pouvoir de séduction, auquel il est difficile de ne pas céder. Au lieu de sanctifier ses victimes, il les dégrade et les corrompt, les faisant semblables à lui, et s'entourant de complicités grandes et petites. Pour lui résister, il faut une solide charpente morale, et celle dont disposait Chaïm Rumkowski, le marchand de Lodz, et avec lui toute sa génération, était fragile. Son histoire, c'est l'histoire regrettable et inquiétante des Kapos, des petits dignitaires d'arrière-garde, des fonctionnaires qui signent tout, de ceux qui hochent la tête mais qui acceptent, de ceux qui disent « si ce n'est pas moi qui le fais, un autre pire que moi le fera à ma place ».

C'est le propre des régimes dans lesquels tout le pouvoir vient d'en haut et où aucune critique ne peut venir du bas, d'affaiblir et de confondre la capacité de jugement, et de créer une vaste zone de consciences grises, à mi-chemin entre les grands du mal et les victimes pures : c'est dans cette zone que se situe Rumkowski. Plus haut ou plus bas, c'est difficile à dire : lui seul pourrait nous le dire s'il pouvait parler devant nous, même en mentant, comme il avait sans doute toujours fait ; il nous aiderait à le comprendre, comme tout inculpé aide son juge, et l'aide même contre sa volonté, même s'il ment ; car la capacité de l'homme à jouer un rôle n'est pas illimitée.

Mais tout cela ne suffit pas à expliquer l'impression d'urgence et de menace qui émane de cette histoire. Peut-être a-t-elle un sens différent, et plus vaste : Rumkowski, c'est nous ; son ambiguïté, c'est la nôtre, celle de l'hybride pétri de poussière et d'esprit ; sa fièvre même est la nôtre, celle de notre civilisation occidentale qui « descend en enfer au son des tambours et des trompettes », et ses misérables oripeaux sont l'image déformée de nos symboles de prestige social. Sa folie, c'est celle de l'Homme présomptueux et mortel, tel que le décrit Isabelle dans *Mesure pour mesure*, l'Homme qui,

> *drapé dans sa petite autorité précaire, ignorant pardessus tout de ce qu'il croit le mieux connaître, son essence de verre, tel un singe en colère, joue à la face du ciel des tours si grotesques que les anges en pleurent et que, s'ils avaient notre rate, ils deviendraient mortels à force de rire.*

Comme Rumkowski, nous aussi nous sommes éblouis par le pouvoir et par l'argent, à en oublier notre fragilité essentielle : à en oublier que nous sommes tous dans le ghetto, que le ghetto est clôturé, qu'au-delà de la clôture se tiennent les seigneurs de la mort, et que non loin de là le train nous attend.

Force majeure

M. était pressé, il avait un rendez-vous important avec le directeur d'une bibliothèque. Il ne connaissait pas ce quartier de la ville, et il demanda son chemin à un passant qui lui indiqua une longue ruelle. Le sol en était pavé de cailloux. M. s'y engagea, et lorsqu'il fut arrivé à la moitié, il vit venir à sa rencontre un jeune gaillard trapu en gilet de corps, peut-être un marin. Il observa avec un certain malaise qu'il n'y avait ni bas-côtés ni portails : bien que M. fût très mince, il serait forcé, au moment où ils se croiseraient, à un contact désagréable. Le marin siffla, M. entendit aboyer dans son dos, un bruit d'ongles grattant le sol, puis le halètement d'un animal échauffé : le chien devait s'être couché, en attente.

Ils avancèrent tous deux jusqu'à ce qu'ils se trouvent face à face. M. s'adossa au mur afin de laisser le passage libre, mais l'autre n'en fit pas autant ; il s'arrêta et posa ses deux mains sur les hanches, obstruant complètement le chemin. Son expression n'était pas menaçante, il paraissait attendre tranquillement, mais M. entendit le chien grogner sourdement : ce devait être une bête de grande taille. Il fit un pas en avant, sur quoi l'autre posa ses mains contre les murs. Il y eut une pause, puis le marin fit un geste de ses deux mains, les paumes tournées vers le sol, comme un homme qui caresserait un long dos ou apaiserait les eaux. M. ne comprit pas ; il demanda :

– Pourquoi ne me laissez-vous pas passer ? – mais l'autre répondit en répétant son geste.

Il était peut-être muet, ou sourd, ou ne comprenait pas l'italien : mais il aurait tout de même dû deviner, la question n'était pas tellement compliquée.

Sans préavis, le marin ôta les lunettes du nez de M., les lui fourra dans une poche et lui décocha un coup de poing à l'estomac : pas très fort, mais M., surpris, recula de quelques pas. Il ne s'était jamais trouvé dans une situation pareille, même pas lorsqu'il était gamin, mais il se souvenait de Martin Eden et de son heurt avec Face de Fromage, il avait lu *Ettore Fieramosca, Roland amoureux, Roland furieux, Jérusalem délivrée* et *Don Quichotte*, il se rappelait l'histoire de Fra Cristoforo, il avait vu *Un homme tranquille, Midi de feu* et cent autres films, et il savait que tôt ou tard, cette heure viendrait pour lui aussi : elle vient pour tous. Il voulut se montrer courageux et répondit par un direct, mais il s'aperçut, stupéfait, que son bras était trop court : il ne parvint même pas à effleurer le visage de son adversaire, qui l'avait tenu à distance en appuyant les mains sur ses épaules. Alors, il chargea le marin tête baissée ; ce n'était pas seulement une question de dignité et d'orgueil : non seulement il avait besoin de passer mais, en ce moment, il lui sembla que se frayer son chemin dans cette ruelle était une question de vie ou de mort. Le jeune gaillard lui saisit la tête entre ses mains, le repoussa, et il fit à nouveau le geste des deux paumes vers le sol, que M. entrevit dans le brouillard de sa myopie.

Il vint à l'esprit de M. qu'il pourrait lui aussi jouer sur la surprise : il n'avait jamais pratiqué aucun genre de lutte, mais il lui était resté quelque chose de ses lectures et, venue d'un passé reculé, une phrase qu'il avait lue trente ans plus tôt dans un roman sur le Grand Nord lui revint à l'esprit : « Si ton adversaire est plus fort que toi, baisse-toi, lance-toi contre ses jambes et ouvre-lui les genoux. » Il recula de quelques pas, se mit en boule et alla rouler contre les jambes du marin. Celui-ci baissa une main, une seule, immobilisa M. sans effort, le saisit par un bras et le redressa : il avait une expression étonnée. Puis il refit le même geste. Pendant ce temps, le chien s'était rapproché et flairait les pantalons de M. d'un air menaçant. M. entendit un pas sec et bruyant dans son dos :

c'était une fille habillée de vêtements voyants, une prostituée peut-être. Elle dépassa le chien, M. et le marin comme si elle ne les voyait pas et disparut au bout de la ruelle. M. qui, jusqu'alors, avait vécu une vie normale, jalonnée de joies, d'ennuis et de douleurs, de succès et d'échecs, perçut une impression qu'il n'avait encore jamais éprouvée : celle de la violence subie, de la force majeure, de l'impuissance absolue sans issue et sans remède, à quoi on ne peut réagir que par la soumission. Ou par la mort : mais est-ce que cela avait un sens de mourir pour un passage dans une ruelle ?

Le marin saisit soudain M. par les épaules et exerça sur lui une poussée vers le sol : il possédait véritablement une force extraordinaire et M. fut contraint de s'agenouiller sur les cailloux, mais l'autre continuait à peser sur lui. Ses genoux faisaient souffrir M. d'une façon intolérable, et il essaya de décharger une partie du poids sur ses talons, ce qui l'amena à se baisser encore un peu plus et à se pencher en arrière. Le marin en profita : de verticale, sa poussée se fit oblique et M. se trouva assis, les bras appuyés sur le sol derrière lui. La position était plus stable, mais comme M. se trouvait maintenant beaucoup plus bas, la pression que l'autre exerçait sur ses épaules était devenue proportionnellement plus forte. Lentement, avec des tentatives convulsives et inutiles de résistance, M. se retrouva appuyé sur ses coudes, puis couché, les genoux pliés et levés : ceux-ci au moins, car ils étaient faits d'os durs et rigides, pas faciles à soumettre.

Le garçon poussa un soupir, comme en fait celui qui doit faire appel à toute sa patience, il saisit les talons de M., un seul à la fois, et étendit ses jambes contre le sol en pesant sur les rotules. C'était donc ce que signifiait son geste, pensa M. : le marin le voulait étendu, immédiatement, il ne voulait pas de résistance. L'autre chassa le chien en lui lançant un ordre bref, enleva ses sandales qu'il tint à la main et se mit en demeure de parcourir le corps de M. comme s'il marchait, au gymnase, le long de la poutre d'équilibre : lentement, les bras tendus, regardant fixement devant lui. Il posa un pied sur le tibia droit de M., l'autre sur son fémur gauche, puis, au fur et à mesure, sur son foie, sur le côté gauche de son thorax, sur son épaule droite, enfin sur son front. Il enfila ses sandales et partit, suivi du chien.

M. se releva, remit ses lunettes et rajusta ses vêtements. Il fit un rapide inventaire : y avait-il des avantages secondaires à retirer de sa condition d'homme foulé aux pieds ? Compassion, sympathie, plus grande considération, responsabilité moindre ? Non, puisqu'il vivait seul. Il n'y en avait pas et il n'y en aurait pas ; ou, s'il y en avait, ils étaient minimes. Le duel n'avait pas correspondu à ses modèles : il avait été inégal, déloyal, sale, et il l'avait sali. Les modèles, même les plus violents, sont chevaleresques, la vie ne l'est pas. Il se dirigea vers le lieu de son rendez-vous, sachant qu'il ne serait plus jamais l'homme qu'il avait été.

Auschwitz, une petite ville tranquille

Le fait qu'un des états d'esprit les plus fréquents, au *Lager*, était la curiosité peut paraître étonnant. Et cependant, nous n'étions pas seulement en proie à la peur, humiliés et désespérés, mais nous étions aussi curieux : affamés de pain et aussi de comprendre. Le monde qui nous entourait nous apparaissait sens dessus dessous, il fallait donc que quelqu'un l'ait mis dans cet état et que, pour cette raison, il fût lui-même un être contre-nature : un, mille, un million d'êtres antihumains, créés pour tordre ce qui était droit, pour salir ce qui était propre. C'était une simplification abusive, mais en ce temps et en ce lieu nous n'étions pas capables de formuler des idées compliquées.

En ce qui concerne les seigneurs du mal, cette curiosité, que j'avoue avoir conservée, et qui ne se limite pas aux chefs nazis, est restée en suspens. On a publié des centaines de livres sur la psychologie de Hitler, Staline, Himmler, Goebbels, et j'en ai lu des dizaines sans qu'ils aient satisfait cette curiosité, mais il s'agit probablement ici d'une insuffisance fondamentale de la page documentaire : elle ne possède presque jamais le pouvoir de nous restituer le fond d'un être humain : c'est l'affaire, plus que de l'historien ou du psychologue, du dramaturge ou du poète.

Mon enquête n'a cependant pas été entièrement infructueuse : un destin curieux, et même provocateur, m'a mis, il y a bien des années, sur les traces d'« un homme de l'autre côté », certainement pas un grand du mal, ni peut-être même un méchant qualifié et breveté, mais, en tout cas, un échantillon et un témoin. Un témoin malgré lui, qui ne voulait pas l'être, mais qui a déposé sans le vouloir et peut-être même sans le savoir. Ceux qui témoignent par leur comportement sont les témoins les plus précieux car ils sont certainement véridiques.

C'était un presque moi, un autre moi-même à l'envers. Nous étions du même âge, pas très différents dans nos études, ni peut-être dans le caractère ; lui, Mertens, jeune chimiste allemand et catholique, et moi, jeune chimiste italien et juif. Virtuellement, deux collègues : en fait, nous travaillions dans la même usine, mais moi j'étais à l'intérieur des fils barbelés, et lui, à l'extérieur. Cependant, nous étions quarante mille à travailler sur le chantier des Buna-Werke d'Auschwitz, et il est improbable que nous deux, lui *Oberingenieur* et moi chimiste-esclave, nous nous soyons rencontrés, et, de toute façon, ce n'est plus vérifiable. Après non plus, nous ne nous sommes jamais vus.

Ce que je sais de lui vient de lettres d'amis communs : le monde se révèle parfois ridiculement petit, si bien que deux chimistes de pays différents peuvent se trouver reliés par une chaîne de gens de connaissance et que ceux-ci se prêtent à tisser un réseau d'informations échangées – un piètre succédané de la rencontre directe, mais qui est cependant préférable à l'ignorance réciproque. J'ai appris par cette voie que Mertens avait lu mes livres sur les *Lager* et, vraisemblablement, d'autres aussi, car ce n'était ni un cynique ni un insensible : il avait tendance à refuser une certaine partie de son passé, mais il était assez évolué pour s'abstenir de se mentir à lui-même. Il ne s'octroyait pas de mensonges, mais des lacunes, des blancs.

Les premières informations que je possède sur lui remontent à la fin de 1941, une époque qui invite à la réflexion pour tous les Allemands encore en mesure de raisonner et de résister à la propagande : les Japonais inondent victorieusement tout le Sud-Est asiatique, les Allemands assiègent Leningrad et sont aux portes de Moscou, mais le temps des *Blitz* est fini, l'effondrement de la Russie ne s'est pas produit, tandis que les bombardements aériens des villes allemandes ont commencé. La guerre, à présent, est l'affaire de tous, dans toutes les familles il y a au moins un homme au front, et aucun homme au front n'est plus sûr que sa famille est à l'abri : derrière les portes des maisons la rhétorique belliciste n'a plus cours.

Mertens est chimiste dans une usine de caoutchouc et la direction de la firme lui fait une proposition qui est presque un ordre : il aura des avantages de carrière, peut-être même de nature politique, s'il accepte d'être transféré aux usines Buna d'Auschwitz. Le coin est tranquille, éloigné du front et hors du rayon d'action des bombardiers ; c'est le même travail, le salaire est meilleur, pas de difficultés de logement : de nombreuses maisons polonaises sont vides... Mertens en discute avec ses collègues ; pour la plupart, ils lui déconseillent d'accepter, on n'échange pas le certain pour l'incertain et, de plus, les Buna-Werke se trouvent dans une vilaine région, marécageuse et malsaine. Malsaine historiquement aussi : la Haute-Silésie est un de ces coins de l'Europe qui ont changé trop souvent de maîtres et qui sont habités par des populations mélangées et ennemies entre elles.

Mais personne ne fait d'objection au nom d'Auschwitz : c'est encore un nom creux, qui ne provoque pas d'échos ; l'une des nombreuses villes polonaises qui ont changé de nom après l'occupation allemande. Oswiecim est devenue Auschwitz[1], comme si cela suffisait à faire

1. À la vérité, cette transcription germanique du nom de la ville n'était pas une innovation nazie, elle remontait à l'époque

devenir allemands les Polonais qui y habitent depuis des siècles. C'est une petite ville comme tant d'autres.

Mertens réfléchit : il est fiancé, et monter son ménage en Allemagne, sous les bombardements, n'est guère prudent. Il demande un congé et va voir. On ignore ce qu'il a vu au cours de ce premier examen des lieux : notre homme est rentré, il s'est marié, il n'a parlé à personne, et il est reparti pour Auschwitz avec sa femme et des meubles pour se fixer là-bas. Ses amis, ceux, précisément, qui m'ont raconté cette histoire, l'ont invité à parler, mais il n'a pas parlé.

Il n'a pas parlé non plus au cours de sa seconde réapparition au pays, dans l'été 1943, pour les vacances (en effet, dans l'Allemagne nazie en guerre, les gens allaient en vacances au mois d'août). Maintenant, le décor a changé. Le fascisme italien, battu sur tous les fronts, s'est effondré, et les Alliés remontent la péninsule ; la bataille aérienne contre l'Angleterre est perdue et aucun coin de l'Allemagne n'est désormais à l'abri des impitoyables représailles alliées ; les Russes, non seulement ne sont pas en déconfiture, mais, à Stalingrad, ils ont infligé aux Allemands, et à Hitler lui-même qui a dirigé les opérations avec une obstination de dément, la plus sanglante des défaites.

---

de l'Empire austro-hongrois, et, entre bien d'autres titres, le prince héritier était « duc d'Auschwitz ».

Les époux Mertens sont l'objet d'une curiosité très prudente, car, à cette date, en dépit de toutes les précautions, Auschwitz n'est plus un nom vide. Quelques rumeurs ont circulé, vagues mais sinistres : c'est un nom à mettre à côté de Dachau et de Buchenwald, on dit même que c'est pire ; c'est un de ces endroits sur lesquels il est risqué de poser des questions, mais l'on est entre amis intimes, de vieille date : Mertens en vient, il doit bien savoir quelque chose, et s'il sait, dans ce cas, il devrait raconter.

Mais alors que se croisent les propos de tous les invités, que les femmes parlent d'évacuations et de marché noir, les hommes de leur travail et que quelqu'un raconte en baissant la voix la dernière bonne histoire antinazie, Mertens se tient à l'écart. Dans la pièce voisine il y a un piano, lui joue et boit, il revient de temps en temps dans le salon, uniquement pour se verser un autre verre. À minuit, il est ivre, mais le maître de maison ne l'a pas perdu de vue, il le traîne jusqu'à la table et lui dit tout net :

– À présent tu t'assois là et tu nous dis ce qui se passe dans votre coin, et pourquoi il faut que tu te soûles au lieu de parler avec nous.

Mertens se sent partagé entre l'ivresse, la prudence et un certain besoin de se confesser.

– Auschwitz est un *Lager*, dit-il, ou plus exactement, un groupe de *Lager* : l'un est même contigu à l'usine.

Il y a des hommes et des femmes, sales, loqueteux, ils ne parlent pas allemand. Ils font les travaux les plus pénibles. Nous ne pouvons pas parler avec eux.

– Qui vous l'a interdit ?

– La direction. Lorsque nous sommes arrivés, on nous a dit que c'étaient des gens dangereux, des bandits et des terroristes.

– Et toi, tu ne leur as jamais parlé ? demanda le maître de maison.

– Non, répondit Mertens, en se versant un autre verre.

À cet instant la jeune dame Mertens intervint :

– Moi j'ai rencontré une femme qui faisait le ménage chez le directeur. Elle m'a seulement dit : « *Frau, Brot* », « Madame, du pain », mais moi…

Mertens ne devait pas être tellement ivre puisqu'il dit sèchement à sa femme :

– Ça suffit, et, s'adressant aux autres, ne voudriez-vous pas changer de sujet ?

Je sais peu de chose du comportement de Mertens après l'effondrement de l'Allemagne. Je sais que sa femme et lui, ainsi que de nombreux Allemands des régions de l'Est, ont fui devant les Soviétiques le long des interminables routes de la défaite, pleines de neige, de décombres et de morts, et qu'ensuite il a repris son métier de technicien, mais en se refusant aux contacts et se renfermant de plus en plus en lui-même.

Il en a dit un peu plus, plusieurs années après la fin de la guerre, quand la Gestapo n'était plus là pour lui faire peur. C'était un « spécialiste », cette fois, qui l'a interrogé, un ancien prisonnier devenu un historien réputé des camps, Hermann Langbein. À ses questions précises, il a répondu qu'il avait accepté d'être transféré à Auschwitz afin d'éviter qu'un nazi y aille à sa place, qu'il n'avait jamais parlé avec les détenus de crainte d'être puni, mais qu'il avait toujours cherché à alléger leurs conditions de travail ; qu'à cette époque il ignorait tout des chambres à gaz parce qu'il n'avait rien demandé à personne. Se rendait-il compte que son obéissance était une aide concrète au régime de Hitler ? Oui, aujourd'hui oui, mais pas alors : cela ne lui était jamais venu à l'esprit.

Je n'ai jamais tenté de rencontrer Mertens. J'éprouvais une répugnance complexe dont l'aversion n'était qu'une des composantes. Il y a plusieurs années, je lui ai écrit : je lui disais que si Hitler est venu au pouvoir, s'il a dévasté l'Europe et conduit l'Allemagne à la ruine, c'est parce que beaucoup de bons citoyens allemands se sont comportés comme lui, s'efforçant de ne pas voir et taisant ce qu'ils voyaient. Mertens ne m'a pas répondu, et il est mort quelques années plus tard.

Une enquête policière

En novembre 1944 nous avions un Kapo hollandais qui, dans le civil, avait joué de la trompette dans le petit orchestre d'un café-concert d'Amsterdam. Comme *Musiker*, il faisait partie de la musique du camp, c'était donc un Kapo anormal, à double fonction, puisqu'à la fin du défilé des prisonniers partant au travail, il lui fallait descendre de l'estrade, ranger sa trompette et rattraper les rangs en courant, afin d'y reprendre sa place. C'était un homme vulgaire, mais pas particulièrement violent, bien nourri, stupidement fier du pyjama rayé presque propre auquel sa fonction lui donnait droit, et très partial à l'égard de ces Hollandais, quatre ou cinq dans notre équipe d'environ soixante-dix prisonniers.

À l'approche du premier de l'an, afin de gagner la faveur du Kapo dans l'avenir et en même temps pour le remercier, ces Hollandais décidèrent de lui préparer une fête. Les denrées alimentaires, évidemment, étaient rares, mais l'un d'eux, graphiste de son métier, dénicha une feuille de papier provenant d'un sac à ciment, l'enduisit sur les deux faces d'huile de lin afin de lui donner l'aspect du parchemin, en effrangea les bords, traça tout autour une grecque avec du minium volé sur le chantier et y recopia de sa plus belle écriture un compliment rimé. Il était naturellement en hollandais, langue que j'ignore, mais grâce à l'un de ces curieux sauvetages opérés par la mémoire, je me rappelle encore quelques vers. Tous signèrent, et Goldbaum, qui n'était pas hollandais mais autrichien, signa aussi ; le fait me surprit superficiellement, puis je n'y pensai plus, emporté moi aussi par les événements dramatiques qui marquèrent la dissolution du camp quelques jours plus tard.

Le nom de ce Goldbaum est revenu pour un instant à la surface au cours d'une rencontre que j'ai décrite dans *Le Système périodique*. Par un jeu improbable du destin, après plus de vingt ans, je m'étais trouvé en relations épistolaires avec un chimiste allemand, un de mes patrons de cette époque : il était affligé de sentiments de culpabilité et me demandait quelque chose comme un pardon ou une absolution. Pour me montrer qu'il avait éprouvé un intérêt humain envers nous autres prisonniers, il citait des épisodes et des personnes qu'il pouvait avoir trouvés dans les nombreux livres publiés sur le sujet (ou dans mon propre récit, *Si c'est un homme)*, mais il me demandait aussi des nouvelles personnelles de Goldbaum, qui, certainement, n'était cité dans aucun livre. C'était une petite preuve mais elle était concrète. Je lui avais répondu le peu que je savais : Goldbaum était mort pendant la terrible marche d'évacuation d'Auschwitz vers Buchenwald.

Ce nom est réapparu il y a quelques mois. *Le Système périodique* avait été publié en Angleterre, et une certaine famille Z., de Bristol, m'écrivit une lettre compliquée. Un oncle à eux, Gerhard Goldbaum, avait été déporté, ils ignoraient où, et n'avaient plus eu de ses nouvelles. Ils savaient que les probabilités d'une coïncidence effective étaient minimes, car il s'agissait d'un nom très commun, cependant, une de ses nièces était disposée à venir me parler à Turin, afin de vérifier si, par hasard, mon Goldbaum n'était pas justement leur disparu, à la mémoire duquel ils paraissaient très attachés.

Je m'efforçai, avant de répondre, de mobiliser tout ce que je me rappelais de Goldbaum. Ce n'était pas beaucoup : nous appartenions à la même équipe, ambitieusement appelée « Commando chimique », mais lui n'était pas chimiste, et nous n'étions pas non plus particulièrement amis. Cependant, j'associais à sa personne la réminiscence vague d'une position de privilégié semblable à la mienne : moi reconnu (à la vérité, très tard) comme chimiste, lui dans une autre spécialisation technique. Son allemand était coulant : il avait été sans aucun doute un homme civilisé et doté d'une bonne culture. Je relus les lettres du chimiste allemand et y trouvai une donnée que j'avais oubliée : le Goldbaum dont il se souvenait était un physicien du son, il avait passé un examen comme moi et avait été ensuite affecté à un laboratoire d'acoustique.

Cette circonstance me remit en mémoire une coïncidence que j'avais oubliée : dans *Le Premier Cercle*, Soljenitsyne décrit d'étranges camps spécialisés, et en particulier un de ceux-ci, où les prisonniers-ingénieurs sont affectés à la recherche d'un analyseur de sons « commandé » par la police secrète de Staline afin d'identifier les voix humaines dans les interceptions téléphoniques. Ces camps s'étaient répandus en Union soviétique après la fin de la guerre. Or, en avril 1945, c'est-à-dire après la Libération, j'avais été invité à un colloque par un très aimable fonctionnaire soviétique : il était venu à sa connaissance que j'avais travaillé pendant ma captivité dans un laboratoire de chimie, et il désirait apprendre de moi quelles rations alimentaires nous donnaient les Allemands, comment ils nous surveillaient, s'ils nous payaient, comment ils évitaient les vols et les sabotages. Il est donc assez probable que j'ai contribué modestement à l'organisation de ces *saraski* soviétiques, et il n'est pas impossible que le mystérieux travail de Goldbaum fût celui que Soljenitsyne décrit.

Je répondis aux Z. que je devais me rendre à Londres en avril ; leur voyage en Italie était inutile, nous pourrions nous voir là. Ils étaient sept au rendez-vous, appartenant à trois générations, ils m'entourèrent et me montrèrent aussitôt deux photographies de Gerhard, prises vers 1939. J'éprouvai une sorte d'éblouissement : à près d'un demi-siècle de distance, le visage était bien celui-là, il coïncidait parfaitement avec celui que, sans le savoir, je portais imprimé dans la mémoire pathologique que je garde de cette période. Il m'arrive, mais uniquement lorsqu'il s'agit d'Auschwitz, de me sentir le frère d'Ireneo Funes, « *el memorioso* » décrit par Borges, celui qui se souvenait de chaque feuille de chaque arbre qu'il avait vue et qui « avait plus de souvenirs à lui seul qu'en auront eus tous les hommes qui ont vécu depuis que le monde existe ».

Point n'était besoin d'autres preuves : je le dis à la nièce leader de la famille, mais, au lieu de se relâcher, leur pression se fit plus forte ; je ne parle pas par métaphores, j'aurais dû m'entretenir aussi avec d'autres personnes, mais les Z. m'avaient encapsulé comme font les leucocytes autour d'un germe, ils se pressaient autour de moi, me bombardaient de questions et d'informations. Aux questions je ne pus répondre qu'une chose : non, Goldbaum ne devait pas avoir trop souffert de la faim ; le simple fait que je l'aie immédiatement reconnu sur la photographie en attestait. Les signes de la faim poussée aux limites, impossibles à confondre et que je connaissais bien, étaient absents de mon image mentale : son métier, jusqu'aux derniers jours, devait lui avoir épargné au moins cette souffrance.

L'énigme de la Hollande fut aussi résolue. C'était une confirmation ultérieure : sa nièce me dit qu'à l'époque de l'annexion de l'Autriche, Gerhard s'était réfugié dans ce pays, où, après avoir maîtrisé la langue, il avait travaillé chez Philips jusqu'à l'invasion nazie. Il appartenait à la Résistance hollandaise ; comme moi, il avait été arrêté en tant que maquisard et reconnu ensuite comme juif.

L'affectueux et tumultueux clan des Z. fut dispersé à grand-peine par un « service d'ordre » improvisé, mais avant de me quitter, la nièce me remit un paquet. Il contenait une écharpe de laine. Je la porterai l'hiver prochain. Pour le moment, je l'ai mise dans un tiroir, éprouvant la sensation de celui qui touche un objet chu du cosmos, comme les pierres lunaires ou comme les « apports » célébrés par les spiritistes.

Chant des morts en vain

Asseyez-vous et négociez
À votre guise, vieux renards argentés.
Nous vous enfermerons dans un palais splendide,
Avec des vivres et du vin, de bons lits, un bon feu,
Pourvu que vous traitiez et que vous négociiez
La vie de nos enfants et votre propre vie.
Que la sagesse entière de la création
Converge pour bénir vos esprits,
Et puisse vous mener au bout du labyrinthe.
Mais, dehors, dans le froid, c'est nous qui attendrons,
L'armée des morts en vain,
Nous, les morts de la Marne et ceux du mont Cassin,
De Treblinka, de Dresde et ceux d'Hiroshima :
Et avec nous, il y aura,
Les lépreux, les trachomateux,
Les disparus de Buenos Aires,
Tous les morts du Cambodge, les mourants
  d'Éthiopie,
Les marchandés de Prague,

CHANT DES MORTS EN VAIN

Les exsangues de Calcutta,
Les innocents massacrés à Bologne.
Malheur à vous si vous sortez sans un accord :
Nous vous étoufferions de notre étreinte.
Nous sommes invincibles, car nous sommes
  les vaincus,
Nous sommes invulnérables parce que déjà tués.
Nous nous rions de vos missiles.
Asseyez-vous et négociez
Jusqu'à ce que votre langue se dessèche :
Si jamais perduraient la ruine et la honte,
Vous seriez tous noyés dans notre pourriture.

POSTFACE

Parmi les survivants d'Auschwitz, beaucoup ont ressenti le besoin de raconter leur expérience et de le faire au plus vite. Mais certains aussi qui, tel Primo Levi, ont éprouvé avec plus d'intensité encore cette nécessité, ont buté contre la difficulté d'écrire : écrire sur Auschwitz impliquait de passer du temps en compagnie de souvenirs qui allaient procurer une souffrance, même s'il s'agissait de s'en délivrer et d'offrir un témoignage.

« Cortège brun », le poème qui ouvre *Auschwitz, ville tranquille*, exprime cette difficulté. Levi se trouve à Turin, sa ville natale, où, « avec des interruptions involontaires », il a toujours vécu. Son regard attentif retient une scène qui aurait pu lui échapper : presque comme dans *Les Villes invisibles* de son ami Italo Calvino, les fourmis ont creusé une ville à elles en plein milieu de la nôtre, et il les observe qui marchent en longues files le long des rails d'un tram qui, bientôt, leur passera dessus. Les files sont en nombre, parce qu'il y a un va-et-vient de fourmis qui se frôlent de leurs antennes et de leurs têtes. Levi toutefois emploie le singulier et écrit « cortège brun », parce que cette scène lui rappelle une image de Dante : au chant XXVI du *Purgatoire*, où les âmes des luxurieux, enveloppées d'un cercle de feu, en longues files, poursuivent leur route dans les flammes, et sont si heureuses d'expier les péchés qu'elles ont commis qu'elles échangent de rapides saluts joyeux quand elles se croisent. Dans un cadrage panoramique, Dante compare leur comportement à celui d'une armée de fourmis. « Les fourmis en cortège brun/ Se frottent le museau entre elles/ Épiant leur voie, leur sort, qui sait ? »

Si les âmes au Purgatoire s'acheminent vers leur salut, les fourmis sur le rail marchent en files vers la mort, et celui qui les observe d'en haut le sait. La même mémoire involontaire qui a inspiré les vers de *La Divine Comédie* ramène à la surface une autre image, non plus littéraire, mais réelle : les cortèges de déportés marchant à l'aube, sans la moindre lumière, dans le camp, et ici Levi brise le vers, l'interrompt même graphiquement[1] : « Je ne veux point l'écrire,/

1. Le texte original de Dante est cité par Levi (qui a seulement modifié le premier vers, « *così per entro loro schiera bruna* » en « *si dipana una lunga schiera bruna* ») et la traduction française

Je ne veux rien écrire de ce cortège,/ Je ne veux rien écrire d'aucun cortège brun. »

Les vers de « Cortège brun » datent de l'été 1980. Quelques mois auparavant, en mars, Levi a terminé le premier jet de « La zone grise », le chapitre peut-être le plus difficile à écrire parmi tous ceux qui constitueront son dernier livre : *Les Naufragés et les Rescapés*[1], une interrogation sur Auschwitz quarante ans après les faits. Sa difficulté personnelle à écrire, Levi la surmonte, il l'a toujours surmontée, mais au prix d'une souffrance que la clausule de « Cortège brun » exprime par un cri silencieux, correspondant au point blanc où le poème se brise.

L'anthologie *Auschwitz, ville tranquille* a pris forme à partir d'une constatation : avant d'être victime et témoin du camp de concentration, Primo Levi en a été – durant les onze mois qu'il a passés à Auschwitz –

---

en effet divise les vers autrement : « Un interminable cortège brun/ De fourmis qui vont, nez à nez, se tâtant/ L'une l'autre, comme pour supputer/ Leur route et leur fortune. » Les trois vers qui terminent le poème sont décalés sur la droite.

1. Einaudi, 1986. Traduit par André Maugé, Gallimard, collection « Arcades », 1989. Le titre italien (*I sommersi e i salvati*) était celui qu'avait tout d'abord donné Primo Levi à *Si c'est un homme.*

victime et observateur. Autrement dit, Levi est parvenu à se détacher, grâce à une part de lui-même et de son propre esprit, de ce qu'il subissait, jour après jour, et pendant tout ce temps il a eu la force d'observer et d'interroger les faits, en tentant de comprendre le fonctionnement de ce lieu et des personnes qui y agissaient : les tortionnaires, leurs collaborateurs, les victimes.

Primo Levi n'a jamais cessé de raconter le camp et d'enquêter dessus tout en le racontant. Une date importante de cet itinéraire est 1958, où Einaudi publie l'édition définitive de *Si c'est un homme*[1]. Levi ne sait pas encore qu'il n'a pas fini de raconter Auschwitz, mais il sait néanmoins que désormais il devra, dans une certaine mesure, recommencer de zéro : il le fera à peine un an plus tard, avec la nouvelle « Capaneo » qui suit le poème d'ouverture.

---

1. Le livre a d'abord paru en 1947 chez une petite maison d'édition, Da Silva, dirigée par un ami d'études de Primo Levi, Franco Antonicelli dans la « Biblioteca Leone Ginzburg ». C'est précisément la veuve de Leone Ginzburg, Natalia, qui a refusé le manuscrit chez Einaudi. Plusieurs chapitres ont paru, en prépublication, dans l'hebdomadaire communiste *L'amico del popolo*. La version Einaudi (1958) a été traduite sous le titre *J'étais un homme* par Michèle Causse, chez Buchet-Chastel, en 1961. Puis le livre a été retraduit chez Julliard en 1987 par Martine Schruoffenhegger, et repris par Laffont en 2017, avec une préface de Philippe Claudel.

La version de « Capaneo »[1] que nous proposons ici est un inédit presque absolu, car en 1978, Primo Levi modifiera cette version et l'inclura, en 1981, ainsi réécrite, dans le recueil *Lilith*. Le texte d'origine avait paru, lui, en novembre 1959, dans le mensuel florentin *Il Ponte*, qui douze ans auparavant, à l'été 1947, avait publié, en bonnes feuilles, le chapitre le plus sombre de *Si c'est un homme* : « Octobre 1944 », où il raconte la sélection des prisonniers pour les chambres à gaz. Et le premier jet de « Capaneo » n'avait fait l'objet d'aucune reprise. Ainsi, après ce premier contact aussi lointain que mémorable avec le public, et peu de temps après le retour de *Si c'est un homme* sous la couverture d'un grand éditeur, Primo Levi reprend la parole avec

1. Nous laissons en italien le nom de Capaneo, comme il figure dans la version française de Martine Schruoffenegger dans *Lilith,* parue chez Liana Levi en 1987, afin de souligner la référence à Dante. Il s'agit de Capanée (Kapaneus en grec), personnage de l'Antiquité qui apparaît dans la pièce d'Eschyle *Les Sept contre Thèbes*, et qui est l'un des sept chefs argiens qui font le siège de Thèbes. Il est foudroyé par Zeus, agacé par ses blasphèmes, sa violence, son mépris des dieux. Le chant XIV de l'*Enfer* est en effet situé dans le troisième giron du septième cercle, dédié aux « violents contre Dieu », donc aux blasphémateurs, dont Capanée est un des représentants les plus connus depuis l'Antiquité.

quelques lignes rédigées à la première personne : « Moi, vous me connaissez. Il se peut qu'alors et là-bas, dans ces haillons zébrés, sous une barbe encore plus mal rasée que d'habitude, et le crâne tondu, j'aie eu un aspect bien différent de celui que j'ai aujourd'hui ; mais la chose est sans importance, le fond n'a pas changé. »

C'est la version de 1959 que nous avons donc choisie parce que c'est la première fois que Levi se remet à parler de « alors et là-bas » après *Si c'est un homme* : il le fait avec une voix qui lance un défi, avec la voix d'un « rescapé » qui nous impose le devoir de transmettre aussi bien la mémoire d'un « naufragé » abject, Vidal, que la mémoire d'un « naufragé » indomptable, Rappoport. Brusque, sarcastique et même méprisante (même à son propre égard, avant de l'être à l'égard du personnage de Vidal, qui dans la version définitive sera nommé Valerio), la voix qui nous interpelle dès cet incipit se retrouvera bien peu dans le reste de l'œuvre de Levi. Comme si cela ne suffisait pas, « Capaneo » est une nouvelle bourrée de citations littéraires explicites ou allusives ou même cachées : Rabelais, la saga des Nibelungen, François Villon (« au temps de ma jeunesse folle »), Cesare Pavese (« avoir écrit quelque chose qui te laisse comme un coup de fusil qui vient de tirer », lit-on dans son journal, à la date du 27 juin

1946[1]). Mais l'allusion principale est le titre même de la nouvelle : Levi s'attend à ce que le lecteur conserve dans sa mémoire la figure de Capaneo, qui dans le chant XIV de l'*Enfer* s'insurge contre l'autorité divine avec une fureur verbale aussi forcenée que vaine.

La Divine Comédie est omniprésente et essentielle dans *Si c'est un homme* ; pas seulement dans le chapitre « Le chant d'Ulysse » où, pour un compagnon, Levi s'efforce de traduire de l'italien ancien en français moderne le chant XXVI de l'*Enfer*, en luttant contre les trous de sa mémoire scolaire. Mais si l'on y prête attention à mesure que l'on avance dans la lecture, Dante est présent dans les trois premiers titres de cette anthologie : « Papillon angélique » provient du chant X du *Purgatoire* : « Ne vous rendez-vous pas compte, vous, que nous sommes des vers/ Nés pour former le papillon angélique/ Qui volera libre vers la Justice. »

La totalité de *La Divine Comédie*, par conséquent, et pas seulement l'*Enfer*, comme on aurait pu s'y attendre. Tout Dante, donc, mais pas de la même manière que dans *Si c'est un homme*, car le Dante du poème qui ouvre le recueil et des deux premières nouvelles est un Dante plus prémédité et mieux sédimenté dans la mémoire : ce n'est plus le Dante d'un écrivain-témoin à

1. *Le Métier de vivre*, in *Œuvres*, Gallimard, Quarto, 2008, p. 1701, traduction de Martin Rueff.

ses débuts qui, grâce à son exemple, aurait trouvé une voix, une intonation, un lexique pour dire Auschwitz. Le Dante des textes qui suivent *Si c'est un homme* est simplement le Dante d'un grand écrivain moderne qui recourt à lui pour des opérations littéraires aussi raffinées que compliquées. Dans « Cortège brun », dans « Capaneo » et dans « Papillon angélique », l'objectif reste le même : décrire, raconter et interroger Auschwitz. Mais dans un temps et un esprit différents, en usant de langages différents.

Cette anthologie, qui consiste en dix nouvelles encadrées par deux poèmes, couvre près de trente ans, et illustre plusieurs genres littéraires. *Auschwitz, ville tranquille* est le livre d'un écrivain qui aura eu, peut-être, longtemps une réticence à avouer, ne fût-ce qu'à lui-même, qu'il se sentait tel à plein titre, sans pour autant cesser d'être un témoin. Aujourd'hui encore, dire que Primo Levi est un écrivain n'est pas une affirmation qui va de soi, d'autant plus qu'une part remarquable de son œuvre demeure dans la pénombre. Les dix brèves histoires réunies dans ce recueil sont la preuve que Levi a parlé d'Auschwitz de façons diverses tout en abordant bien d'autres sujets, ou encore, à l'inverse, montreront qu'il a inventé des situations imaginaires pour faire allusion, à travers les aléas d'autres événements, à celles des camps de concentration. De même qu'Auschwitz lui revient involontairement en mémoire (cf. « Cortège brun »), de même Levi, qui doit cependant s'en défendre, accepte que ce thème grandisse dans le souvenir, qu'il contamine la trame des histoires inventées, qu'il se remanifeste ou s'entrevoie de façon codée, traversant par éclairs d'autres époques, dans des contextes différents.

Dans « Capaneo », Primo Levi gagne l'avant-scène, se présente, et en quelques lignes capte notre attention. Si « Capaneo » est une histoire d'Auschwitz racontée quinze ans après Auschwitz, dans les trois nouvelles fantastiques qui suivent, c'est comme si Auschwitz sortait de son propre siège, imperturbable et silencieux, comme un gaz qui se répand dans l'espace et se prolonge dans le temps.

« Papillon angélique », « La belle endormie dans le frigo »[1] et « La versamine » proviennent d'un recueil publié en 1966[2] sous le titre ironique d'*Histoires naturelles.* Les éditions Einaudi conseillèrent à Primo Levi de publier cet ouvrage sous un pseudonyme, parce

1. Il serait plus exact de traduire « La belle au frigo dormant », en référence au conte de Perrault, traduit traditionnellement en italien par « *La bella addormentata nel bosco* ».

2. En 1994, dans la version française par André Maugé, chez Gallimard, collection « Arcades ».

que le contraste avec ses deux premiers livres (*Si c'est un homme*, le récit du voyage « vers en-bas »[1], puis en 1963, *La Trêve*[2], le livre de son interminable et aventureux retour à Turin) aurait paru excessif. Bien qu'il n'ait pas été entièrement convaincu, Levi céda, choisissant le nom de Damiano Malabaila. Einaudi, cependant, se ressaisit en ornant le volume d'une bande jaune vif qui ne portait qu'un mot avec un point d'interrogation : « Science-fiction ? »

En réalité, bien que la plupart des quinze nouvelles d'*Histoires naturelles* puissent être classées en « science-fiction » ou en « techno-fiction », on ne peut pas parler de ce genre *stricto sensu*, d'autant plus qu'une seule, précisément « La belle endormie dans le frigo », nous présente une personne réduite à l'état d'objet, avec, d'entrée de jeu, le consentement ambigu de la personne-objet elle-même : c'est une jeune femme, Patricia, qui, rapidement, dans un milieu bourgeois et bien élevé, va se voir réduite à une proie sexuelle. « Papillon angélique » est une narration réticente, où émerge la tentative, au cours de la phase finale et catastrophique du Troisième Reich, d'entraîner une

1. Expression utilisée par Primo Levi dans le chapitre « Le voyage », il précise « vers le néant, vers le fond ».

2. En 1966, dans la version française par Emmanuelle Genevois-Joly, chez Grasset.

mutation de l'*homo sapiens*, de façon à le transformer en une nouvelle espèce de super-créature. Enfin, « La versamine » décrit une famille de chimistes experts qui renversent en plaisir la perception de la douleur physique et de l'abjection morale, et les conséquences d'un tel renversement : écrit en 1965, « La versamine » est le premier texte de Primo Levi qui ait pour titre le nom d'une substance chimique[1], ici imaginaire.

Dans l'épigraphe d'*Histoires naturelles*, que Levi emprunte à Rabelais, il est évoqué des « enfantements estranges et contre nature »[2], et c'est bien ainsi que l'on peut qualifier les trois histoires du « cycle allemand ». Levi revisite – et réélabore sous forme fantastique, sans pourtant lâcher prise complètement avec le monde que nous habitons – les trois principales offenses à l'espèce humaine perpétrées par le nazisme : la réduction de l'être humain à l'état de chose, le racisme comme fondement et horizon ultime de l'idéologie, la tentative de manipuler l'essence intime de l'esprit humain, le tout en

1. *Le Système périodique* parut en 1975 chez Einaudi et en 1987 chez Albin Michel, dans la version d'André Maugé.

2. Il s'agit d'un passage de *Gargantua*, où Rabelais fait référence au troisième chapitre du septième livre de l'*Histoire naturelle* de Pline qui évoque les « enfantements prodigieux » de jumeaux, de triplés, d'animaux, d'hermaphrodites, de monstres divers, naissances qui en général annoncent des catastrophes naturelles ou des événements désastreux.

expérimentant des procédures scientifico-industrielles sophistiquées. Dégradée au statut d'objet, subdivisée en catégories de dominateurs ou d'esclaves selon des critères raciaux, l'espèce humaine se retrouvera finalement bouleversée dans son apparence extérieure aussi bien que dans sa structure psychique.

Le titre *Auschwitz, ville tranquille* renvoie aussi au « cycle allemand » dans son ensemble : c'est un titre inquiétant, un paradoxe qui n'en est pas un, parce qu'il revient à décrire un lieu qui procure une douleur gratuite, une douleur en surabondance – la douleur comme déchet industriel du camp de concentration, et dont pourtant les tortionnaires ne parviennent pas à se satisfaire, dans un mécanisme qui s'autoreproduit et qui contamine le monde entier. Victime, spectateur et témoin, Levi lui-même sent que sa description, sa narration et sa recherche ne suffisent jamais, que, si limpides qu'elles soient, précises et aiguës, elles restent finalement peu de chose, quand la douleur est toujours trop, toujours en excès. C'est pourquoi, au cours des ans, il essaiera toutes sortes de points de vue pour restituer de la manière la plus pleine la vérité sur Auschwitz.

Le Système périodique, qui sort en 1975 et qui est en grande partie l'« autobiographie chimique » de Levi, contient deux nouvelles qui concernent Auschwitz, l'une (« Cérium ») de manière directe, l'autre (« Vanadium ») sur le mode indirect. Unique, sur les vingt et un textes de la série, « Cérium » se déroule à l'intérieur d'Auschwitz, et même dans ce cas, à trente ans des événements, et dans une œuvre qui parle – qui se propose de parler – de tout autre chose, Primo Levi se sent dans l'obligation de se présenter, ou plutôt de présenter sa propre personne, comme ce fut le cas à l'automne de 1944 : sur un ton plus doux et en même temps plus complexe que dans « Capaneo », et avec davantage de clairs-obscurs, comme s'il voulait faire allusion à l'entreprise nocturne que son ami Alberto et lui parviendront à mener à terme avec succès, même si une fin heureuse n'est pas permise : l'aventure avec le cérium finira bien, mais Alberto comptera parmi les prisonniers morts durant la marche d'évacuation vers d'autres camps de concentration situés en Allemagne, en janvier 1945.

Dans « Vanadium », guère plus de vingt années se sont écoulées et le chimiste Primo Levi, maintenant technicien dans une usine de peinture, reconnaît, à la suite d'une faute d'orthographe caractéristique dans une lettre commerciale, une personne qu'il a connue justement là-bas, dans le laboratoire de chimie où il a également travaillé comme technicien, mais sous un régime de véritable esclavage. Les retrouvailles avec le Docteur Lothar Müller, un Allemand, quelqu'un qui se trouvait « de l'autre côté », son supérieur au laboratoire du camp, constituent une des histoires les plus subtilement conçues par Levi : dans ces quinze pages dont il est le narrateur, mais aussi un personnage comme déjà dans *Si c'est un homme* et dans *La Trêve*, son talent d'écrivain apparaît pleinement. « Ni infâme ni héros », tel sera son jugement synthétique sur le Docteur Müller : « Un exemplaire humain typiquement gris. »

Il est notoire depuis longtemps que « Vanadium » se fonde sur une histoire vraie, que le nom d'état-civil de Lothar Müller était Ferdinand Meyer, et que Meyer et Levi étaient entrés en correspondance par l'intermédiaire de Hety Schmitt-Maass, la « Hety S. » qui apparaît dans « Lettres d'Allemands », le huitième et dernier chapitre des *Naufragés et les Rescapés*. Après avoir témoigné d'Auschwitz avec un scrupuleux respect des faits dans *Si c'est un homme* et dans les premiers chapitres de *La Trêve*, Primo Levi, en écrivant « Vanadium », manipule délibérément certains détails d'un événement du camp de concentration qui se prolonge trente années plus tard, jusqu'en 1975, dans *Le Système périodique*. Parmi les raisons de son geste, il en est une de particulièrement remarquable : des textes publiés, « Vanadium » est le plus ancien où apparaisse la catégorie du « gris », autrement dit où s'annonce la réflexion de Primo Levi sur ce qui bientôt sera codifié sous l'expression « zone grise ».

L'espace ambigu, fourmillant de figures humaines, qui s'étend entre les victimes et les tortionnaires, sera décrit et approfondi par Levi dans ce chapitre déjà nommé des *Naufragés et les Rescapés*, qui s'intitule « La zone grise », et ce n'est pas sans raison que c'est le plus long du livre. La figure qui domine ces pages – Chaïm Rumkowski, doyen du ghetto juif de Łódż –, Levi l'avait évoquée dès l'automne 1977 dans le texte « Le roi des Juifs », paru dans *La Stampa*, le quotidien turinois auquel il collaborait régulièrement. Si on le compare avec les pages correspondantes dans *Les Naufragés et les Rescapés*, on se rendra compte que cette première version est plus fluide et directe, moins solennelle, mais non moins terrible par son contenu et témoigne d'une réflexion historiographique, narrative et morale que Levi n'a jamais interrompue.

Il ne l'a même pas interrompue après avoir publié *Les Naufragés et les Rescapés*. Parmi toutes les nouvelles de Primo Levi, « Force majeure » (parue dans *La Stampa* le 27 juillet 1986, alors que *Les Naufragés et les Rescapés* étaient en librairie depuis deux mois) est certainement la plus mystérieuse, et l'une des plus inquiétantes. Elle n'est pas très connue, et mieux vaut éviter d'en gâcher la surprise. On peut simplement dire que c'est une nouvelle-laboratoire où l'on peut reconnaître en filigrane un Auschwitz feutré, réduit à une dynamique de valeurs vectorielles. « Force majeure », on peut le dire tout de même, est le récit d'une violence : une violence concrète, dépassionnée, mécanique et efficace ; une violence ni chaude ni froide mais imperturbable et irrépressible : gratuite et sans raison, mais aussi sans gaspillage. Il s'agit d'atteindre un but bien défini et on y parvient. Sa propreté, d'autre part, correspond à une des normes esthético-morales de Primo Levi qui, à Auschwitz, a certes assisté à des épisodes sanglants, mais qui ne les met pas dans son livre. Des nouvelles de ce recueil, toute atrocité est absente. Levi préfère décrire pour nous les trajectoires d'une force que certains exercent et d'autres subissent, une force qui produit une humiliation indélébile.

De même que « La belle endormie dans le frigo », la nouvelle « Auschwitz, une petite ville tranquille », est une nouvelle « allemande », et à sa manière, théâtrale. Après « Vanadium », c'est une nouvelle rencontre avec un collègue chimiste « de l'autre côté », et cette rencontre aussi, il la doit à ses correspondants allemands : d'un réseau de lettres et de connaissances communes, de bribes de récits réunies et recomposées patiemment, s'élève un chœur, un chœur allemand, fait de silences et de demi-mots, qui arrivent pourtant à dessiner un atroce périmètre, celui d'Auschwitz où le jeune *Oberingenieur* Mertens s'est laissé muter, et où il a passé son temps à s'efforcer de ne rien voir.

La dernière nouvelle, « Enquête policière », est symétrique d'« Auschwitz, une petite ville tranquille » : cette anthologie se termine par deux nouvelles chorales, mais si le chœur de la première fait tout ce qu'il peut pour égarer une intrigue, pour en effacer la mémoire, pour en ensevelir faits et lieux, le chœur de la seconde, qui évolue autour de la figure de Goldbaum, est un chœur qui apporte des fragments, en les raccrochant à ceux qui sont en possession de Levi, dans le but de sauver l'histoire d'un individu singulier : un « naufragé » qui, comme Alberto, a disparu au cours de la marche d'évacuation de janvier 1945.

Livre narratif et non pas essai, *Auschwitz, ville tranquille*, est, tout comme *Les Naufragés et les Rescapés*, un livre qui s'ouvre dans toutes les directions et qui observe, raconte, approfondit le camp nazi sous tous les angles. Si *Les Naufragés et les Rescapés* est un livre qui contient beaucoup de questions et peu de réponses – « une signalétique de problèmes », selon Anne Bravo –, le présent recueil, où nous voyons Levi aborder Auschwitz en narrateur et en poète, n'offre pas d'enseignement prédéfini, et encore moins un kit de solutions déjà prêtes et applicables. Levi nous montre une série d'attitudes efficaces et utiles pour observer et apprendre, mais surtout pour raisonner sur les choses et sur les faits nouveaux – nouveaux et donc inconnus – qui se présentent au fil du temps. Il nous montre concrètement quelques façons de regarder les choses que nous ne connaissons pas encore et comment les interroger. Si Levi nous enseigne quelque chose, c'est à ne pas trouver, mais plutôt à chercher, à affronter notre ignorance et notre paresse, à mieux formuler nos questions.

C'est en ce sens qu'il y a une harmonie entre la première prose, « Capaneo », et le poème final, « Chant des morts en vain », rédigé en 1985. Dans « Capaneo », Levi nous apostrophe avec la voix, pour lui inhabituelle, du « rescapé » : une voix impérieuse qui, nous arrachant les oreilles, exige d'être écoutée, et qui sauve deux histoires, deux caractères – et l'on finit par penser qu'au fond le vrai personnage à identifier au Capaneo de Dante, c'est lui, Primo Levi, et non pas ce Rappoport qui, après avoir survécu au énième bombardement aérien, se moque de Hitler à voix haute.

Cette pensée paradoxale pourra traverser le lecteur tentant de comprendre « Chant des morts en vain », où Levi imagine d'imposer un conclave aux puissants de la Terre, en les gardant prisonniers jusqu'à ce qu'ils trouvent un accord pour bannir à tout jamais les guerres et les armements nucléaires. Dans ce poème, Levi fait ce que, dans *Les Naufragés et les Rescapés*, il définira comme une action irréalisable : il parle avec le « nous », il parle au nom des « naufragés », des « morts en vain », il parle avec la voix qu'il a prise pour se présenter au début de *Si c'est un homme* dans le poème-épigraphe : « Vous qui vivez en toute quiétude/ Bien au chaud dans vos maisons[1] » et avec la voix plus âpre qu'il avait choisie dans « Capaneo » pour se présenter une fois de plus.

« Chants des morts en vain » contient la dernière citation de Dante : ces « marchandés de Prague » qui se réfèrent au « marchandés de Caprona » du chant XXI de l'*Enfer*[2], et qui renvoient aux mots qui concluent les *Naufragés* : au « jeu politique cynique » qui aujourd'hui

---

1. Trad. André Maugé, *Si c'est un homme,* Julliard, 1987.

2. C'est dans une comparaison que Dante évoque un épisode du siège de Caprona (à la fin du XIIIe siècle), où les assaillants promirent de laisser la vie sauve à des assiégés qui se rendirent, non sans crainte. Le texte italien utilise le terme « *patteggiati* » (pactisés, objets d'un pacte de marchandage). Dante, terrifié par une sarabande de démons, s'est caché derrière un rocher, sur le conseil de Virgile. Et il sort de sa cachette non sans crainte encore, d'où son image. « Comme un marchandé de Caprone/ Eut peur que l'ennemi ne rompe/Le serment qui l'a fait sortir/Je me blottis contre mon maître... » Dans cette cinquième bolge du huitième cercle se trouvent les parieurs escrocs et les tricheurs.

comme hier gouverne les destinées du monde. La voix qui, en 1985, scande la liste des « morts en vain » ferme donc la boucle, mais seulement pour la rouvrir vers nous, vers notre époque. Elle n'est pas disposée à nous laisser tranquilles, parce qu'elle ne nous parle pas de ce qui *était arrivé*. Elle nous a parlé et continue à nous parler, de toutes sortes de façons inattendues, de ce qui *arrive*.

Fabio Levi et Domenico Scarpa

Origine des textes

« Cortège brun » [*Schiera bruna*] a paru pour la première fois dans *La Stampa,* 21 août 1980, et a été repris dans *Ad ora incerta* (Garzanti, 1984), puis traduit en français par Louis Bonalumi, dans *À une heure incertaine*, Gallimard, 1997, p. 61.

« Capaneo » [*Capaneo*] a paru pour la première fois dans *Il Ponte,* XV, novembre 1959, n° 11, et n'avait été ni repris en italien, ni traduit en français.

« Papillon angélique » [*Angelica farfalla*] a paru pour la première fois dans *Il Mondo*, XIV, 14 août 1962, n° 33, et a été repris dans *Storie naturali*, signé sous le nom de Damiano Malabaila, Einaudi, 1966 (à partir de 1979 Primo Levi le republie sous son véritable nom), puis traduit en français par André Maugé, dans *Histoires naturelles,* suivi de *Vice de forme*, Gallimard, 1994, p. 52.

« La versamine » [*Versamina*] a paru pour la première fois dans *Il Giorno*, 8 août 1965, et a été repris dans *Storie naturali, op.cit.,* puis a été traduit en français par André Maugé, dans *Histoires naturelles*, *op.cit.*, p. 96.

« La belle endormie dans le frigo » [*La bella addormentata nel frigo*] a paru pour la première fois dans *Storie naturali, op.cit.*, et a été traduit en français par André Maugé, dans *Histoires naturelles, op.cit.*, p. 110.

« Cérium » [*Cerio*] a paru pour la première fois dans *Il sistema periodico*, Einaudi, 1975, et a été traduit par André Maugé, dans *Le Système périodique*, Albin Michel, 1987, p. 167.

« Vanadium » [*Vanadio*] a paru pour la première fois dans *Il sistema periodico*, *op.cit*, et a été traduit par André Maugé, dans *Le Système périodique*, *op.cit.*, p. 251.

« Le roi des Juifs » [*Il re dei Giudei*] a paru pour la première fois dans *La Stampa*, 20 novembre 1977, et a été repris dans *Lilìt e altri racconti*, Einaudi, 1981, puis a été traduit par Martine Schruoffeneger dans *Lilith*, Liana Levi, 1987, p. 80.

« Force majeure » [*Forza Maggiore*] a paru pour la première fois dans *La Stampa,* 8 mars 1984, et a été repris dans *Racconti e saggi*, Editrice La Stampa, 1986, puis a été traduit par André Maugé, dans *Le Fabricant de miroirs. Contes et réflexions*, Liana Levi, 1989, p. 81.

« Auschwitz, une petite ville tranquille » [*Auschwitz, città tranquilla*] a paru pour la première fois dans *La Stampa*, 8 mars 1984, et a été repris dans *Racconti e saggi, op.cit.*, puis a été traduit par André Maugé, dans *Le Fabricant de miroirs. Contes et réflexions*, *op.cit.*, p. 109.

« Une enquête policière » [*Un « giallo » del Lager*] a paru pour la première fois dans *La Stampa*, 10 août 1986, et a été repris dans *Racconti e saggi, op.cit.*, puis a été traduit par André Maugé, dans *Le Fabricant de miroirs. Contes et réflexions*, *op.cit.*, p. 86.

« Chant des morts en vain » [*Canto dei morti in vano*] a paru pour la première fois dans *La Stampa*, 27 février 1985, et a été repris dans *Opere complete*, édition de Cesare Segre (section *Altre poesie*), Einaudi, 1988, puis a été traduit par Louis Bonalumi, dans *À une heure incertaine*, *op.cit.*, p. 109.

Table

TABLE

« LES GRANDES TRADUCTIONS »

(extrait du catalogue)

VIOLA ARDONE
Le Train des enfants
traduit de l'italien par Laura Brignon

ELIAS CANETTI
Histoire d'une jeunesse, la langue sauvée, 1905-1921
Les Années anglaises
Le Livre contre la mort
traduits de l'allemand par Bernard Kreiss
Le Flambeau dans l'oreille, histoire d'une vie, 1921-1931
traduit de l'allemand par Michel-François Démet
Jeux de regard, histoire d'une vie, 1931-1937
traduit de l'allemand par Walter Weideli

VEZA ET ELIAS CANETTI
Lettres à Georges
traduit de l'allemand par Claire de Oliveira

ELIAS CANETTI ET MARIE-LOUISE MOTESICZKY
Amants sans adresse, correspondance 1942-1992
traduit de l'allemand par Nicole Taubes

GIUSEPPE CULICCHIA
Le Pays des merveilles
traduit de l'italien par Vincent Raynaud

DANIEL DEFOE
Robinson Crusoé
traduit de l'anglais par Françoise du Sorbier

DAPHNÉ DU MAURIER
Rebecca
traduit de l'anglais par Anouk Neuhoff

EMUNA ELON
Une maison sur l'eau
traduit de l'hébreu par Katherine Werchowski

DAVIDE ENIA
Sur cette terre comme au ciel
La Loi de la mer
traduits de l'italien par Françoise Brun

FABIO GEDA
Le Dernier Été du siècle
traduit de l'italien par Dominique Vittoz

JOÃO GUIMARÃES ROSA
Diadorim
traduit du portugais (Brésil) par Maryvonne Lapouge-Pettorelli
Sagarana
Mon oncle le jaguar
traduits du portugais (Brésil) par Jacques Thiériot

GEORG HERMANN
Henriette Jacoby
traduit de l'allemand par Serge Niémetz

JUDITH HERMANN
Maison d'été, plus tard
Rien que des fantômes
Alice
Au début de l'amour
Certains souvenirs
traduits de l'allemand par Dominique Autrand

IAKOVOS KAMBANELLIS
Mauthausen
traduit du grec par Solange Festal-Livanis

YASUNARI KAWABATA
Récits de la paume de la main
traduit du japonais par Anne Bayard-Sakai et Cécile Sakai

La Beauté, tôt vouée à se défaire
traduit du japonais par Liana Rossi
Les Pissenlits
traduit du japonais par Hélène Morita
Première neige sur le mont Fuji
traduit du japonais par Cécile Sakai

YASUNARI KAWABATA ET YUKIO MISHIMA
Correspondance
traduit du japonais par Dominique Palmé

DANIELA KRIEN
L'amour par temps de crise
traduit de l'allemand par Dominique Autrand

GYULA KRÚDY
L'Affaire Eszter Solymosi
traduit du hongrois par Catherine Fay

OTTO DOV KULKA
Paysages de la métropole de la mort
traduit de l'anglais par Pierre-Emmanuel Dauzat

MICHAEL KUMPFMÜLLER
La Splendeur de la vie
traduit de l'allemand par Bernard Kreiss

DORIS LESSING
Le Carnet d'or
Les Enfants de la violence
traduits de l'anglais par Marianne Véron
Journal d'une voisine
traduit de l'anglais par Marianne Fabre
Si vieillesse pouvait
traduit de l'anglais par Natalie Zimmermann

PRIMO LEVI
Le Système périodique
traduit de l'italien par André Maugé

ALESSANDRO MARI
Les Folles Espérances
traduit de l'italien par Anna Colao

THOMAS MANN
Les Confessions du chevalier d'industrie Felix Krull
Dr Faustus
traduits de l'allemand par Louise Servicen

SÁNDOR MÁRAI
Les Braises
traduit du hongrois par Marcelle et Georges Régnier
L'Héritage d'Esther
Divorce à Buda
Un chien de caractère
Mémoires de Hongrie
Métamorphoses d'un mariage
Le Miracle de San Gennaro
traduit du hongrois par Georges Kassai et Zéno Bianu
Libération
Le Premier Amour
L'Étrangère
La Sœur
Les Étrangers
Les Mouettes
Ce que j'ai voulu taire
Dernier Jour à Budapest
Journal, t. 1, Les Années hongroises, 1943-1948
Journal, t. 2, Les Années d'exil, 1948-1967
traduits du hongrois par Catherine Fay

ROSELLA POSTORINO
La Goûteuse d'Hitler
traduit de l'italien par Dominique Vittoz

CHRISTOPH RANSMAYR
La Montagne volante
Le Syndrome de Kitahara
Atlas d'un homme inquiet
Cox ou la course du temps
traduits de l'allemand par Bernard Kreiss

MORDECAI RICHLER
Le Monde de Barney
traduit de l'anglais (Canada) par Bernard Cohen

RAFFAELLA ROMAGNOLO
Bella Ciao
traduit de l'italien par Françoise Brun

MADELEINE ST JOHN
Les Petites Robes Noires
traduit de l'anglais (Australie) par Sabine Porte
Rupture et conséquences
traduit de l'anglais (Australie) par Anouk Neuhoff

ARTHUR SCHNITZLER
Gloire tardive
traduit de l'allemand par Bernard Kreiss

ALEX SCHULMAN
Les Survivants
traduit du suédois par Anne Karila

SOPHIE TOLSTOÏ
À qui la faute ? Réponse à Léon Tolstoï
traduit du russe par Christine Zeytounian-Beloüs

F.X. TOOLE
Coup pour coup
traduit de l'anglais (États-Unis) par Bernard Cohen

NICK TOSCHES
La Main de Dante
Le Roi des Juifs
traduits de l'anglais (États-Unis) par François Lasquin
Moi et le diable
Sous Tibère
traduits de l'anglais par Héloïse Esquié

DUBRAVKA UGRESIC
Le Ministère de la douleur
traduit du serbo-croate par Janine Matillon

ERICO VERISSIMO
Le Temps et le Vent
Le Portrait de Rodrigo Cambará
traduits du portugais (Brésil) par André Rougon

ROHAN WILSON
Murmurer les noms des disparus
traduit de l'anglais (Australie) par Etienne Gomez

Composition : Nord Compo
Impression : CPI Bussière en décembre 2021
Éditions Albin Michel
22, rue Huyghens, 75014 Paris
www.albin-michel.fr
ISBN : 978-2-226-46628-0
N° d'édition : 24625/01 – N° d'impression : 2059883
Dépôt légal : janvier 2022
Imprimé en France